星祸得福

忻迎一◎著

台海出版社

图书在版编目（CIP）数据

星祸得福 / 忻迎一著. -- 北京 : 台海出版社，2023.11

ISBN 978-7-5168-3671-2

Ⅰ. ①星… Ⅱ. ①忻… Ⅲ. ①幻想小说－中国－当代 Ⅳ. ① I247.5

中国国家版本馆 CIP 数据核字 (2023) 第 196017 号

星祸得福

著　　者：忻迎一

出 版 人：蔡　旭　　封面设计：树上微出版

责任编辑：王　艳

出版发行：台海出版社

地　　址：北京市东城区景山东街 20 号　　邮政编码：100009

电　　话：010-64041652（发行，邮购）

传　　真：010-84045799（总编室）

网　　址：www.taimeng.org.cn/thcbs/default.htm

E - mail：thcbs@126.com

经　　销：全国各地新华书店

印　　刷：武汉市籍缘印刷厂

本书如有破损、缺页、装订错误，请与本社联系调换

开　　本：880 毫米 ×1230 毫米　　1/32

字　　数：150 千字　　印　　张：7.5

版　　次：2023 年 11 月第 1 版　　印　　次：2023 年 11 月第 1 次印刷

书　　号：ISBN 978-7-5168-3671-2

定　　价：58.00 元

序

宇宙本质上是一个锅炉总公司，那些漫天的繁星都是锅炉，它们组成了数百万亿的“锅炉厂”——星系，我们的银河系就是其中之一。

银河系这个“锅炉厂”造型优美，有四条扇叶状的旋臂，相当于是四个车间，一共运营着约 4000 亿颗恒星，每一颗恒星都是高温高压的核聚变的锅炉，它们在点亮无边黑暗的同时，也在不停地用核聚变的方式制造着各种元素。在宇宙中，除了氢气这个宇宙娘胎里带来的“光棍”元素之外，其他所有的元素，都是核锅炉的产品，在某种意义上说，宇宙元素品种和丰度的增加，就是宇宙锅炉工业 GDP 的业绩。

大约一亿年前，银河系猎户座旋臂上发生了超新星大爆炸！一瞬间，这颗恒星的能量释放超过了它一生释放总能量的 1000 倍。

超新星爆炸是核锅炉生产链的凤凰涅槃，而启动这个大爆炸的“卧底”是铁元素。可以说铁元素是全宇宙核聚变的“僵尸”，它一出现，就宣告了核聚变终结，因为它拒绝聚变，同时不释放能量，于是直接导致了恒星坍塌，这个坍塌虽然只有几秒钟，却换来了引力主导的最完美的终极制造，它瞬间秒杀了宇宙中所有核锅炉，把它们无法聚变得比铁更重的元素都“熔炼”合成并且以爆炸的方式“喷吐”出来。可以说，宇宙中超过一大半以上的元素，都是由万有引力的狂欢摧毁恒星以“剖腹产”的方式制造的。

如果没有超新星“自杀”式的开枝散叶，即便有漫天的星光，也只是一个乞丐版的宇宙，不可能有生命的诞生，当然也无法“演化”出由极其复杂的元素堆叠而成的高维的生化产品——人类。

但是，超新星终极制造的“爆米花”毕竟太暴力，以至于就连它粉身碎骨的“锅炉”废墟里，依然存在着各种神秘的能量对人类构成可怕的威胁。而我们的太阳系，带着它经营了40亿年的脆弱生命系统，正“闯入”这个一亿年前超新星的恐怖“墓地”。

公元2030年灾难降临

1

贵州省平塘县大窝凼村，在喀斯特地貌构成的静谧山洼里，镶嵌着被称为“天眼”的射电天文望远镜，简称FAST，此刻正用它口径500米的巨大的金属球面探测器，探索着星光璀璨的宇宙。

这里方圆五公里内都不允许使用任何无线电设备，包括手机、无人机、数码相机、电子表甚至电子打火机，因为一丝丝电磁干扰就会造成“天眼”的识别误差。

晨曦渐渐撕开夜幕，一缕刚刚穿过绿色山谷的阳光，给“天眼”这个巨型大锅抹上了橘黄色。

观测室里，国家天文台研究员师怀平，50岁，额头宽大的脸上尽显疲态，他已经熬了几个夜晚，此刻坐在椅子上，手里拿着一瓶风油精，不停地涂抹已经被揉搓得发红的太阳穴，一双充满学识但却充满血丝的眼睛，紧紧地盯着仪器上的屏幕。他的旁边是28岁，戴着白框眼镜、气质文静的女助手皮丹丹，恬静素淡的眼睛周围被可见的黑眼圈晕染着，足以显露出这段时间超负荷的工作量，但她依然没有丝毫懈怠地盯着屏幕，只是由于太困，忍不住用手捂着嘴很克制地打着哈欠。

仪器监视屏上，不断有一阵阵的磁波涟漪划过，预示着太阳已经进入了超新星“墓地”的边界。

“师老师，太阳系进入超新星的‘墓地’都好几天了，好像没有预测的那么恐怖啊？”皮丹丹转头问师怀平。

“魔鬼露出獠牙之前，是很诡异的，”师怀平继续揉着太阳穴忧虑地回答，“这个超新星废墟的核心，是一颗罕见的夸克星，有着极为奇异的能量，因此，李院士预测我们很可能遭遇前所未有的强磁场陷阱！”

皮丹丹吐了一下舌头说：“但愿我们能躲过这个魔鬼。”

师怀平幽默地对皮丹丹说：“不过，对你来说有点矛盾，如果遇上了这个魔鬼，你算是参与了重大天文发现，可以破格评职称；但是，真遇上了这个魔鬼，地球就不安全了。”

皮丹丹笑着说：“我怎么碰上了一个二律背反、自相矛盾的怪圈，如果我的职称是以地球的安全作为代价，那我还是宁愿放弃吧。”

师怀平露出为难的表情说：“是啊，作为你的导师，这次我也是真的不希望你破格评职称。”

清晨，中国西部火箭发射场，悬垂着乌云的天幕下，一枚外壳上涂有“天梦航天”标志的火箭正在准备发射，发射架的一侧挂着一个巨大的竖幅标语，上面印着——“祝天梦大载荷固体火箭发射成功”。由于风大，标语被刮得剧烈晃动。

指挥大厅里坐满了井然有序的工作人员，指挥台前，天梦民营航天公司的总经理黎刚，50 岁，工科知识分子的气质，略上扬的眉毛和有力的咀嚼肌，显示着坚毅的性格。他正踌躇满志地盯着前方大屏幕上实时显示的即将发射的火箭。

他身旁是总体室主任司马西，45 岁，中等个，平头，单眼皮，眼睛不大但很有神，一看就精明强干，他不停给各个部门下达发射前最后的指令以及检查所有的发射程序。

“黎总，你们的发射窗口压缩得只有半个小时！太悬了！”发射基地王主任，50 多岁，苦瓜脸，由于经常面对紧急情况，额头上有很多皱纹，此刻忧心忡忡地赶到指挥台前，一边说一边打开手表的悬浮投影给黎刚看，“刚刚得到的气象部门紧急报告，整个中国西部都被低气压控制，积雨云层运动速度非常快，很快就会封闭发射窗口。”

“没问题！王主任，”司马西凑过来看了一下悬浮投影上显示的大面积云团中的一个针眼大的缝隙，用颇有把握且很自豪的语气说，“固体燃料火箭发射就是‘短平快’，穿‘针眼’是天梦公司的强项！”

黎刚点头表示赞同：“王主任，我们有信心拿下这个‘针眼’，逮住它天梦公司就有机会赶在竞争对手前面，抢到国际大单，彰显中国民营航天的强大实力！”

突然，一个人急匆匆地从大厅门口跑过来，他叫张翔，总体室工程师，40 岁，戴一副棕色框眼镜，质朴的脸上沁着汗珠。他气喘吁吁地跑到黎刚面前报告：“黎总，司马主任，刚刚发现火箭有异常！”

“什么情况？”黎刚惊愕道。

“有一路信号灯闪烁报警，”张翔不确定地分析着，“估计故障点应该是在发射核心元件和线路方面。”

黎刚转头严厉地盯着司马西：“总体室是怎么搞的？关键时刻掉链子！”

“唉，一定是赶时间发射着急了！”司马西一脸自责地解释，“急中出错，百密一疏，我有责任！”

接着，司马西又质问张翔：“不是都检查很多遍了吗？怎么还出问题？”

“我的错！我的错！”张翔连连检讨，“工作还是不够细！”

“马上排查！”黎刚尽量冷静地对他们发指令，“只有百分之一的希望也要争取按时发射！”

“是！我马上去！”说完，司马西带着张翔等人急匆匆离开。

大窝凼一带的喀斯特山峦随着太阳的升高呈现出盎然生机。

太阳是生命的源动力，地球生态圈的各个圈层在太阳能量的稳定“驱动”下，按照各自的节律运行着，日升日落，云卷云舒，万物尽情地谱写自己的生命之歌。但太阳也会收回它对生命的恩赐，并且无情地毁灭这一切，此刻，这种来自太阳的危险已经很近了。

观测室里，电磁波突然开始抖动，而且频率逐渐加快，持续了几十秒钟之后，仪器台几乎所有的绿灯和蓝灯开始交替闪烁，接着电脑屏幕上瞬间爆出了一片红色的频闪区。

风油精跌落在桌子上，师怀平急忙招呼皮丹丹：“快，聚焦频闪区！”

皮丹丹瞬间精神抖擞，飞快地操作，500米口径的射电焦距立刻聚向这个区域，很快，这些亮区经过一番激烈的抖动，形成了一个深不可测的磁波矩阵。

师怀平继续指挥皮丹丹：“马上检测磁波矩阵的磁场强度！”

皮丹丹检测后惊恐地叫了起来：“师老师，数据显示磁波矩阵的磁场强度达到了3亿高斯！”

师怀平倒吸一口气，“果然没有躲过去，遭遇魔鬼了，而且是大魔鬼！！”

师怀平接着迅速摁了几个键，吩咐皮丹丹：“记录磁波矩阵的轴角度和全相位动态！”

皮丹丹马上打开另外一台仪器通道捕捉数据。

仪器上显示，磁波矩阵开始大面积地向太阳包围。

“李院士预测太阳经过超新星废墟时，由于夸克星的神秘能量，有相当的概率会把太阳推入一个强大的磁力陷阱，”师怀平给皮丹丹解释，“现在证明这个概率已经发生了！”

皮丹丹一边检测数据一边担心地问：“那咱们的太阳会出事吗？”

“磁场就相当于是太阳表面风暴的触发器，磁场越紊乱，太阳风暴就会被驱动得越暴躁，3亿高斯的磁波矩阵‘围剿’太阳，就相当于太平洋上遭遇了50级飓风，这可能是人类有史以来遇到的最大的太阳风暴危机了！”说完，师怀平从仪器里拔出存储卡，脸色凝重地叮嘱皮丹丹，“情况很严峻，我必须马上回去向李院士汇报，你留下继续监测，随时报告动态变量！”

“好的！”深知要承担重大责任的皮丹丹指着风油精对师怀平说，“师老师，您把这个熬夜神器给我留下吧！”

“给你！这段时间你要多贡献点胶原蛋白了，”师怀平一边把风油精抛过去，一边幽默地安抚皮丹丹，“看来，你不想破格评职称都不行了！”

发射场阴云密布，阵风嗖嗖，周边绿地上的小草都被风吹得倒伏在地皮上，一场大规模的雷暴雨正在逼近。

黎刚内心非常焦灼，因为这次赶时间发射关系到一场国际间商业竞争，如果成功，就能给中国民营航天打开一片广阔的国际市场。他盯着大屏幕里立在发射架上的火箭和周围天空围拢过来越聚越多的黑云，不停地看时间。

不一会儿，司马西沮丧地跑回来汇报：“黎总，几个报警点都查了，还是没找出故障点！”

“黎总，我组织人从头捋一遍吧！”跟司马西一起回来的张翔向黎刚请示做最后的努力。

黎刚脸色铁青地对他们摇摇头，“发射窗口只剩不到 20 分钟，从头捋几万个元件？开玩笑！”

接着恼怒地转过去，遗憾地看着大屏幕上待发射的火箭，以及发射架旁边已经被吹得快飞起来的预祝发射成功的标语，极不情愿地对着司马西下指令："发射取消，撤场吧！"

黎刚话音刚落，从一个角落的工位上站起了一个年轻人，29岁，健硕的身材，俊朗的脸型，浓眉下的眼睛里蕴藏着智慧。他拿着一份数据快步走过来对黎刚说："黎总，我觉得可能是核心继电器的问题，应该还有办法补救！"

黎刚没认出来眼前这个年轻人，问道："你是？"

"我是新来的，叫海冰，是基础组工程师。"海冰回答。

司马西诧异地问："你刚来，而且是基础工程师，怎么会知道火箭核心的情况？"

"因为我在公司内网上看到了图纸，上面有一个数据似乎印得有瑕疵，不知道是记录失误，还是真有问题。"海冰答道。

"这不可能，数据都是多次核对的，不会在这么核心的问题上出错。"司马西显然很不服气地反驳。

"但是图纸就是这样，"海冰继续解释，"这个数据在核心结构的一个叠加部位，容易被忽略，这会导致继电器的承压过载击穿电容的电荷保护。"

黎刚将信将疑地看着这个年轻人，拿过他的数据来看了一下，眼睛突然一亮，立刻吩咐司马西："查！就这个数据，马上查！"

"是！"司马西半信半疑地答应后，从黎刚手里接过数据立刻转身执行。

厚重的灰云和黑云像两团不同材质的羽绒缠绕滚动在发射

场周围，虎视眈眈地准备吞噬发射场上空已经很小的空洞，云团里密集的电荷激烈碰撞出频次很高的细碎闪电。

在极其恶劣和危险的环境里，海冰和技术人员弯着腰顶着大风一起钻进了火箭内部。

面对十分复杂的元器件，海冰直奔故障点。经过一番操作之后，他满头大汗地出来，拿出一个元件告诉司马西：“司马主任，就这个东西出毛病了。”

“哦，真是灯下黑啊，被你说中了。”司马西看着海冰拿过来的元件感慨着，很庆幸，但也有点尴尬。

“海工找得很准，手快，一下子解决了，故障信号已经消除。”旁边的张翔对海冰非常赞许。

司马西赶紧用通话器向黎刚报告。

指挥中心，大屏幕上看到狂风把竖幅标语下面的固定绳刮掉了，整个标语在空中狂舞。

“黎总，窗口期马上关闭，必须撤场了！”基地王主任再次快步走过来急催。

与此同时，黎刚的通话器传来了司马西的声音：“黎总，故障排除，可以发射了！”

黎刚腾地站了起来，他压抑着激动转头对王主任说：“OK了！”

王主任显然经历过这种过山车似的惊险场面，捂着心脏长出一口气，立刻对黎刚做了一个胜利的手势。

黎刚迅速向工作人员下令：“发射！”

程序员开始报最后的程序:“倒计时10，9，8，7，6，5，4，3，2，1——点火！”

火箭的尾翼开始喷火。

几秒钟后，火箭腾空而起，穿透上面正在蓄积雨云、即将闭合的空洞，火箭尾部喷出的火光映红了整个发射场湿漉漉的大地。随即，黑灰两色云团夹杂着电闪雷鸣弥漫过来，彻底封闭了空洞，发射场被雷暴雨包围。

黎刚看着发射台最后消失的火箭尾焰的倒影，终于轻轻地舒了一口气。

北京北郊，在燕山山脉延伸出来的山谷前面的一块空旷的平地上，有一个大型的国家天文台的太阳射电望远镜阵列，它们由500台口径5米、形似锅盖的天线组成，这些天线均匀分布在直径1.5公里的圆环上，状如一圈向日葵，跟着太阳旋转。

太阳射电望远镜主要是对肉眼看不见的来自太阳的射电频段进行谱线观测，在某种意义上说，太阳射电望远镜监测的是太阳的呼吸和新陈代谢，属于“内科”。

这里还有中国最大的口径2米的太阳光学望远镜，用于观测太阳可见部分的精细结构和动力学特征，以及日面上的一些随机出现的动态，如太阳黑子、耀斑、冕洞等，这属于“外科”。

射电望远镜和光学望远镜都很重要，它们经常给太阳做“内外科”的“体检”，可以对太阳的健康做出判断和应对。因为太阳的健康对人类至关重要，它稍微有点“咳嗽感冒”对地球都可能是大灾难。

清晨，风和日丽，天文台女助理研究员岳雯，28岁，名牌大学硕士，有一双笑起来弯如月牙的眼睛，不仅漂亮，而且身材管理得很好。她正和柴茵——24岁，长得机灵可爱的实习研究员，在观测室外的空地上，穿着紧身服跟着音乐跳着上班前的晨操，晨操的编排很有韵律，属于当下流行的一种。

正跳着，岳雯的手机闪出一个弹窗，岳雯伸手拿起手机看了一下，露出惊喜的表情，马上翻身跑回研究室自己的工作台，在电脑上打开搜星软件，看到上面标注了一个疑似新天体的亮点。

岳雯立刻用星图池里的星图对这个标注的亮点进行比对，这些星图分很多的天区，每个天区都存储着海量的天文照片，一旦有新的天体出现，星图池就会迅速地甄别，但有时候，星图池也会误判，把一些大恒星通过引力透镜投出的光斑误认为是新的天体。

岳雯耐心认真地排查，把各种可能误判的元素都排除了之后，终于确定自己刚刚发现这个位于大熊天区的新的亮点，有明显的连续移动轨迹，不是光学虚影，而是一颗未曾被发现的实体小行星。

“太棒了！”岳雯兴奋地举起双手欢呼，然后用儿歌《小白船》的旋律唱着自己改的词：“蓝蓝的天空银河里，我终于找到你。”

“雯姐，啥事这么高兴？”跳完健身操的柴茵晃荡着水杯过来问岳雯。

“我的搜星大网开张了，逮住一颗小行星！”岳雯颇有成就感地炫耀。

柴茵一边喝水一边问：“哎，雯姐，咱们是大恒星研究室，你怎么对小行星感兴趣啦？”

“好玩，解压！你想想，恒星虽然大，但都是站桩的，多呆啊，小行星是移动的，你可以跟着它穿越浩瀚星空，逛遍太阳系，就像领养了一只太空宠物。”岳雯用手一边比画一边给柴茵描绘。

柴茵水喝了一半停下来感慨：“嘿！别人的宠物是小动物，你的宠物居然是小行星，这也太牛了！”

岳雯乐了，“对呀！咱们天文人就这么牛！现在智能巡天系统能覆盖整个太阳系，可以随时给你发现的小行星定位，就相当于拴了一根电子绳。”接着岳雯脸上露出一种神秘的表情对柴茵说，“不过，这只是一方面，其实我还有一个私密的追求。”

“什么私密追求？”柴茵很好奇。

岳雯：“我要把这颗小行星送给我未来的老公。”

“这怎么送啊？”柴茵更好奇了。

岳雯：“命名！以他的名字命名。”

柴茵：“哎！这命名可不能随便，我听说只有一些对社会有重大贡献的人，才能享受这个待遇。”

“当然，我找的老公也必须是能够享受这个待遇的人。”岳雯故作认真地说。

柴茵喝的水差点喷出来，“哎，你这是拐着弯地提高选老公的标准啊，哦，你的意思是这样的，我选老公其实条件也没什么，只要将来能够配得上小行星的命名就成。”

岳雯憋住笑说：“我这个条件是不是要被我亲妈暴打？”

柴茵：“你妈肯定认为你是为一辈子单身找了一个特别冠冕堂皇的借口。”

两个人都大笑。

司马西和海冰等人淋着雨赶回了指挥大厅，黎刚紧紧握着海冰的手连声感谢：“海冰，谢谢！谢谢你！关键时刻拯救了发射窗口！”

“有点运气，我原来在国家航天工作的时候就对这块线路图比较熟。”海冰谦虚地回答。

“海冰，你既然知道有这个问题，为什么不早说？”司马西用埋怨的语气指责海冰，跟着又补了一句，“何必搞得这么惊心动魄！”

“我刚来，不熟悉情况，不想干扰公司的发射流程，直到最后出问题了，我才觉得我的担心有可能是对的。”海冰诚恳地解释。

“很好，既严谨沉着又处事果断的优秀年轻人，”黎刚充满赞赏，“是天梦公司需要的人才，到总体室来吧，直接在司马主任的领导下一起工作。”

“谢谢黎总信任，我经验不多。”海冰擦了擦脸上的雨水，

“但我愿意接受更大的挑战！”

“黎总，海冰刚来，只是运气好救了一个场，来总体室是不是有点太快了？”司马西表示反对。

黎刚一摆手，“天梦公司要快速发展，必须不拘一格地重视人才。”

“好的，我安排。”司马西对黎刚从来都是无条件服从。

海冰看着黎刚说：“谢谢黎总，不过——”海冰突然欲言又止。

“不过什么？”黎刚问道。

海冰：“我有一个请求。”

黎刚鼓励道：“只管说！”

海冰：“天梦公司有宇航员培训基地，我想报名加入任务宇航员的培训。”

“你想上天？”黎刚稍感意外。

“我曾经报考过国家航天员，尽管我的各项指标都名列前茅，但由于我是孤儿，没有父母的政审和健康档案，所以，还是被国家航天局刷下来了，我希望在您这儿实现梦想，并且为公司做更大的贡献。”海冰陈述命运对自己的不公。

司马西好像发现了海冰的心思，“哦，你离开国家航天，是为了到我们天梦公司当宇航员啊？”

“司马主任，天梦公司应该有足够的包容，支持人才施展抱负。”黎刚显然对司马西的态度很不赞同。

“但是海冰是被国家航天局刷下来的，不符合审查条件！”

司马西试图再阻拦一下。

“我们是民营航天，而且海冰想当的是任务宇航员，主要以业务为主，可以放宽某些属于专职宇航员的政审条款。”黎刚依然很坚持。

司马西当然只好改变态度，“好的黎总，那就先让海冰试训预备任务航天员，但是要通过预备期才能转正。”

海冰抓住机会对司马西保证：“是！司马主任，知道了！”

然后又转身向黎刚道：黎总，我肯定不让您失望！

法国里昂，欧洲伟豪集团旗下的雷通航天公司业务副总裁罗达，华裔，50岁，拥有一张沧桑帅气的脸，胡子刮得非常干净，运动型身材，此刻骑着一辆豪华摩托风驰电掣，由于没有戴头盔，头发被风吹得十分凌乱。他骑进伟豪集团雷通航天公司董事会的院子，一直到大楼门口才急停住，然后迅速下车跑步进门。

伟豪集团已经有百年以上的历史，涉及很多业务，雷通航天是其中很重要的一部分，也是世界最大的民营航天公司之一。

公司正在一座颇有年代感的巴洛克风格老建筑的会议室里开董事会，董事们在讨论下一个战略合作计划。按照议程，很快将要宣布选择新的战略合作伙伴。

罗达急匆匆跑到门口，碰到了值守在会议室门口的董事会华裔女秘书安妮。

安妮，44岁，漂亮的眼睛，精致的眉毛，身材丰满而性感，极具职场女性的气质，但又颇有东方女性的温柔典雅。

罗达焦急地说:“安妮，我有急事要马上进去向董事会报告，麻烦你去通报一下。”

“抱歉罗总，董事会正在进行最后的议程，这个时候按规定不能打扰。”安妮为难地对罗达表示了拒绝。

罗达被拒之后，并没有放弃，他在门口徘徊，一会儿，似乎有了主意，他又走到安妮的面前，“安妮，我就是知道按日程董事会要进行最后的表决，才急着赶过来，”罗达把被骑摩托吹乱的头发捋了捋，尴尬地笑了一下解释，“急得我头盔都没来得及戴，抱歉头发有点乱，不太礼貌。”

安妮被他的没话找话逗笑了，“你既然知道今天的会议不能打扰，为什么不早点过来提前申报呢？”

罗达:“因为这是我刚刚得到的消息，而这个消息来自中国，非常重要。”

安妮挺好奇，“你说是刚刚得到的来自中国的消息？”

罗达:“是的，中国民营的天梦航天公司有了重大的技术突破，我要让董事会考虑和中国民营航天合作的可能！”

安妮平时虽然和罗达不熟，但对罗达这个公司不多的华裔中年高管颇有好感，此刻听说是关于中国航天的消息，加上她自己的华裔背景，让她很有兴趣帮这个忙，“噢，罗，你确定这件事和中国航天有关系，并且刚刚发生？”

“是的，中国民营航天刚刚成功发射了大载荷的固体火箭，可以极大地节约航天成本，正好能弥补雷通的短板。”罗达解释着。

安妮站起来，脸上掠过一抹自豪感，“我很高兴听到来自中国的好消息，既然这件事对雷通有帮助而且能和中国合作，我破个例，但是，不能走正常流程！”

说完，安妮走到走廊一侧的供电箱旁，打开盖子，把里面的一个电闸拉了下来，顿时这一层楼都断电了，只剩下了应急照明。

罗达被安妮的这个动作搞蒙了，但安妮给他递了一个眼色，让他少安毋躁，然后急匆匆地走进会议室通知董事们电路出故障了，她已经找人来修，很快就好。

董事会主席正要签署合同，由于停电，只能宣布暂时休会。

安妮走出会议室后对罗达说：“现在暂时休会，我找机会把你的文件送进去。”罗达这才明白安妮的用意，连忙感谢：“谢谢你，安妮！”

一会儿过后，电工就把电接通了。

安妮很快就从里面出来了，她脸上努力压抑着成功的喜悦，通知罗达：“罗，约翰副主席同意了，请吧！”

罗达伸出大拇指再次对安妮表示感谢，然后推开门走了进去。

雷通公司董事会的会议厅里面也是巴洛克的风格，显得比较古典和华贵，四面的墙体都镶嵌了豪华的雕塑和装饰。

大厅很大，但放在中央的会议桌并不大，优雅而古老，在某种意义上，这张百年老桌已经成为这个公司的基业象征，因为在这上面曾经签署过无数改变和影响欧洲乃至世界经济的文件。

桌子周围的金色高靠背椅上坐着八九个年纪比较大的董事，罗达走进去，董事会主席皮埃尔——一个年近七旬、头发稀疏但眼睛很有神的法国人，手里拿着文件看着罗达问：“这是什么时候发生的事情？”

罗达：“刚刚！”

皮埃尔主席把文件递给身边栗色半白头发、面颊有一些下垂的副主席约翰，然后站起来对大家说：“这个会议可能要改变一下议程，因为中国天梦航天公司，突破了航天材料新的边际，刚刚成功发射了世界上最大载荷，同时发射重量最轻的固体燃料火箭，可以极大地节约发射成本，能使我们多年的亏损转化为盈利，所以，我们的合作伙伴有了要重新选择的理由。”

约翰副主席看了一下罗达的报告后，也站起来用略带沙哑的嗓音说：“与天梦公司合作虽然有一定的政治风险，然而对公司来讲，盈利是最重要的，我们只认利润。”

北京，国家天文台首席科学家研究室，充满科技感的墙壁上展示着很多太空望远镜拍摄的宇宙星空的影像，一张大工作台上摆着一个太阳系智能模型。

李耀辉院士，60 岁，方脸盘，浓眉下一双睿智的眼睛，戴着一副棕色镜框的眼镜，两鬓有些许白发，既显示着知识的厚重积累，又颇有举重若轻的智者风度，他正围着这个太阳系模型边走边看。

他走到金星的旁边，低头仔细端详了一会儿，然后用手捻了一下，金星转了起来，看着旋转的金星，李耀辉内心充满感慨："文静，没想到一别居然30年了，我们的青春一点渣都不剩地打包给了各自的事业，但是绝对值得！因为一旦成功，它将彻底改变人类文明！"

李耀辉沉浸在回忆中……

30年前——

李耀辉骑着自行车离开天文台，一路骑到公园门口，然后匆匆把自行车锁好，快步跑进公园。此刻已是黄昏，公园里非常安静，风清气爽，湖水清波荡漾。

李耀辉的未婚妻，28岁的陈文静，中科院物理所的助理研究员，短发，一双清澈如水的聪慧眼睛，穿着朴素的夏日裙装，在湖畔一片长着灌木丛的草地上已经等候多时了。见到匆匆赶来的李耀辉，陈文静喊了声"耀辉"，然后扑上去紧紧抱住他。

激动之后，李耀辉问道："文静，我一下班就赶过来，什么事这么急？"

"耀辉，我今天是来和你告别的，很长时间我们可能就见不到面了。"陈文静不舍但却带点兴奋地解释。

李耀辉一愣，"为什么？"

陈文静："因为我刚刚接到通知，马上要跟我的导师孙肇基院士去做一个特别重要的研究。"

李耀辉："去呗，怎么就不见面了？"

陈文静:“这个研究是军事化管理，要被封闭起来的。”

李耀辉:“保密啊！什么研究这么重要？”

陈文静环顾一下，把李耀辉拉到一个特别隐蔽的地方，那里有一块太湖石，陈文静拽着李耀辉坐上去，然后压低声音对他说:“我只能给你透露一点点，你千万别漏出去！”

“嗯，放心，你说！”李耀辉习惯性地应允着。

陈文静:“这事和你们天文有关，你听说过太阳系诞生初期一颗行星和地球的碰撞事件吗？”

“当然知道啊，这是一个天文界刚刚推出的关于地球生命诞生的假想模型，”李耀辉对陈文静提出这个问题颇感意外，“这和你们有什么关系？”

陈文静:“你能给我简短描述一下吗？”

“当然可以，这个假想描述的是40亿年前，那时的地球就是一颗干涸的星球，因为地表的水分子都被太阳风摧毁了。幸运的是，有一颗流浪行星突然撞击了地球，把地球撞得开膛破肚，惨不忍睹！但这个事故却让地球因祸得福，就在这次撞击之后，地球开始了快速旋转，激活了地核中心带电的粒子，产生了强大的磁场，而磁场可以阻挡太阳风，保护水分子，从此，地球表面就形成了江河湖海，孕育了生命。”说到这儿，李耀辉指着天上的月亮说，“这个人类最值得感恩的肇事者，也就是那颗流浪行星的残骸月亮。”李耀辉绘声绘色地把这个科学假想给陈文静描述了一遍。

陈文静佩服地说:“到底是天文大才子，讲得太生动了！那你认为这个模型靠谱吗？”

李耀辉：“我认为尽管比较有逻辑，但依然只是一个假想的模型，我总觉得虽然宇宙中很多事情的发生确实存在偶然性，但碰撞这种概率还是太小了。”

“可是，耀辉，我要告诉你的是，这个假想模型已经被证实了。”陈文静的脸上露出一种颇为神秘的表情对李耀辉说。

“什么？这个假想被证实了！怎么证实的？”李耀辉大吃一惊。

“国家在横断山脉的核心地带，发现了一处欧亚大陆和印度次大陆板块撞击之后产生的扭转性大断裂，里面暴露了一个特别强大的来自地壳的浅层游动磁场，而这个磁场的发生源，居然就是那颗撞击地球的行星留下的星核。”陈文静把这个中国科学家刚刚发现的特大秘密透露给了李耀辉。

李耀辉一下子蹦了起来，大声喊道：“啊！这太匪夷所思了！简直太，太不可思议了！怎么能证明呢？”

“因为专家在这个强大的能量核里发现了只有月球特有的同位素，而且是只有星核才有的重元素的同位素。专家认为当时这颗流浪行星撞击地球的时候，是以45度角倾斜撞击，一方面把地球撞得快速旋转，同时也像打鸡蛋一样，这颗行星被开膛破肚，把星核留在了地球上，而其他的部分则被甩出去，形成了月球，留在地球上的这个原来的流浪行星的核，因为非常坚硬，不仅撞击时没有破碎，而且在地球几十亿年的地质变迁中还原封不动地在地壳的夹层中保留了下来。”陈文静也跟着站起来解释。

李耀辉:“你是说这个最原始的星核居然在地球的岩浆里游动了几十亿年?”

陈文静,“对!专家是这么说的。”

李耀辉激动地原地转了一圈喊道:“千古之谜的答案终于找到了!难怪月球的比重那么轻,地球的平均密度每立方厘米5.5克,月球的平均密度每立方厘米3.34克,只有地球的三分之二,原来密度最大的原始星核留在了地球上!”

“是的!正因为这个原始星核能量太大了,国家要利用它干一件特别大的大事。”陈文静兴奋地告诉李耀辉。

“特别大有多大?”李耀辉好奇地问。

“制造反物质!”陈文静稍微犹豫了一下神色郑重地回答。

“啊!制造反物质!”李耀辉惊呼!接着又惊叹,“这种物质只需要十几克就能毁灭地球!难道要用它代替核武器?”

“不,恰恰相反,是和平地使用!”陈文静赶紧解释,“孙院士虽然没有说具体做什么,但他对我们特别强调一个观点,就是当人类获得一种新的能量的时候,必然会突破以往的发展壁垒,就像当年的火药、今天的核能,如果制造出反物质,那人类的文明就会站上前所未有的一个新的高度!”

李耀辉点头赞叹:“噢!的确是大智慧!嘿!你能参加这样的研究,太荣幸了!”李耀辉激动地把陈文静抱起来转了几圈。

陈文静同样激动,“我也觉得非常难得!”

“那你们到底要封闭多久?”激动之后,李耀辉放下陈文静问了一个很现实的问题。

陈文静摇摇头，“不清楚，这个星核太神奇了，领导说如果消息泄露，会有很大的麻烦，所以直到我们把反物质研制出来之前必须严格保密。”

“啊！那时间就没谱了，咱们马上结婚吧！”李耀辉提议，“至少咱们的青春能留下一个户口本的纪念。”

“来不及了，上面要求很严，结婚要审查配偶的政治背景，至少小半年，我可能就进不了基地了。”陈文静很无奈地解释。

“唉，那通信总可以吧？”李耀辉只能退而求其次。

陈文静：“好像也不行，领导说我们不能和外界有任何联系。”

“呵！你们这不是封闭，是要人间蒸发啊！”李耀辉忍不住发牢骚。

“差不多吧！所以，我带酒来了，今天咱们举行一个未来天文学家和粒子物理学家的青春告别仪式。”陈文静从包里掏出两瓶啤酒对李耀辉调皮地说。

李耀辉做了一个夸张的伤感表情，接过一瓶啤酒，拉开瓶盖，举到空中感慨地大声喊道：“为人类的未来，祝你们实验顺利，尽快把我媳妇还回来！”

陈文静也打开瓶盖，举起酒瓶既兴奋又有点伤感地说：“为人类的未来，向我们不再能够相伴的青春致敬！”

说完，两人各喝了几口，然后手挽手躺在草地上，享受着分离前最后一个美好的夜晚。

此刻，晚风轻拂，树叶婆娑，刚刚退去晚霞的夜空升起了金星，在地平线的上方闪耀。

“文静，你看，金星升起来了，夜空中最亮的星！”李耀辉指着金星对陈文静说。

“真亮！真美！就像一盏明灯祝福我们！”陈文静感慨着。

“哎，文静，考考你，你知道金星为什么这么亮吗？”李耀辉指着金星提问。

陈文静俏皮地瞟了一下李耀辉回答：“这不是送分题吗？太简单，离太阳近，接受的光照多呗？”

“中学生级别的答案，不够专业。”李耀辉给陈文静打分。

陈文静好奇地问：“那专业的答案是什么？”

李耀辉：“专业的答案就是金星被大量的二氧化碳包裹，形成严重的温室效应，地表温度超过460℃，如同炼狱，它的明亮主要是包裹它的气体对阳光的反射。”

“噢，这么说我们是在欣赏金星的痛苦。”

“对！在某种意义上甚至可以说，是它用光芒向我们发出求救的信号。”李耀辉也颇有诗意地回应，“它多么渴望也能被一颗莽撞的星球撞击一下啊！”

两人手拉着手，头挨着头轻声慢语，风轻抚着灌木丛，淡淡的花香在夜色中撩动鼻息。

一会儿，暗紫色夜空的西陲又升起了水星，和金星一起双星闪耀。

“看，咱们运气真好！水星也升起来了，这叫水星合金星！”李耀辉兴奋地指给陈文静看。

“今天真是个好日子，这肯定是太阳心痛我们将要做牛郎织女，就用两个离它最近的贴身侍卫联手祝福咱俩一生好合！”陈文静继续发散诗意的浪漫情怀。

“是呀！咱俩居然有这么大的面子，惊动了两颗大腕行星出场，来再干一个！”李耀辉激动地坐起来提议。

陈文静：“好！咱们把酒问双星！”

两人坐起来兴奋地相互碰了碰酒瓶子，在喝了几口之后，李耀辉突然盯着夜空里的金星和水星发呆。

“耀辉，怎么啦？是不是看到双星联袂触景生情？我又不是一去不复返。”陈文静看李耀辉一直看着夜空里的金星和水星不说话，想安慰李耀辉。

李耀辉没有理会陈文静，还是继续盯着金星和水星，盯着盯着两眼似乎放出了光，他突然转头特别激动地看着陈文静说：“是触景生情！我现在有了一个惊人的想法！”

“什么想法？”陈文静十分好奇。

李耀辉：“我似乎觉得太阳系此刻向我们俩展示这两颗行星，一定是冥冥之中向我们传递某种神秘的暗示。”

“什么暗示？”陈文静瞪大眼睛。

李耀辉：“降大任于我们俩去拯救金星！”

“啊！咱们俩拯救金星？你是不是有点喝高了？”陈文静半开玩笑地调侃李耀辉。

“没有喝高！”李耀辉把自己的双手握成拳头，用左拳碰了一下右拳继续说，“是你提到的星核启发了我，因为它证明了太阳系曾经真实地发生过地球碰撞事件，而我们可以复制这种碰撞，如果用水星去撞击金星，就可以把当年地球和流浪行星之间的故事重演，金星就可以摆脱炼狱蜕变成第二个地球！”李耀辉激动地对陈文静解释自己的思路。

陈文静这个时候才发现李耀辉是认真的，她开始用物理学的思维帮着李耀辉梳理，“你这想法简直太震撼了！但问题是如何让两颗行星相互碰撞？驱动力在哪里？”陈文静反问。

李耀辉:“这个驱动力就是你将要去制造的反物质！”

陈文静诧异地问:“反物质？”

李耀辉:“对！它就是金箍棒，足以撼动天宫，如果用它轰击太阳，就可以激发太阳的巨大冲击波驱动水星去撞击金星！”

“反物质有这么大的能量？！”陈文静惊呼！

“是的！撬动行星的轨道只有反物质能做到！不过，这个改变太阳系的工程需要天体物理学和粒子物理学共同完成，不仅需要足够多的反物质，还需要非常精密地计算轰击太阳的位置和角度。为此，我和你哪怕豁出半辈子也值了！”李耀辉说得激情澎湃！

接着，李耀辉拿起自己的酒瓶对着夜空把酒喝光，豪迈而自信地对陈文静说:“我们俩的专业正好是这个工程所需要的！从现在起，我会用一生来研究如何实施星球碰撞的超级课题，把你们未来研制成功的反物质用在对人类文明发展价值最大化的地方！”

陈文静也激情满怀地望着李耀辉，她被李耀辉的伟大构想彻底震撼了！于是她也把剩下的酒喝完，喊道："耀辉！你小子绝对是个大天才！"

李耀辉看着被自己捻动旋转的金星感慨着："文静，经过30年的研究和计算，我可以告诉你，拯救金星的工程，已经万事俱备，只欠东风，就等你实验成功，拿着反物质这个金箍棒来大闹天宫了！"

门是虚掩着的，师怀平在门上象征性地敲了两下走了进来，看到李耀辉盯着太阳系模型正在专注思考，便压低声音打招呼："李院，FAST的报告带回来了！"

"怀平，你觉得太阳系完美吗？"李耀辉没有直接回应，而是摆摆手指着太阳系的模型问师怀平。

师怀平一下子有点困惑，不知道李耀辉为什么突然提这个问题，他看着太阳系的模型想了想答道："非常完美！"

"为什么？"李耀辉继续问。

师怀平："因为它有八个行星，四大四小，排列有序，距离平衡，特别是拥有一颗得天独厚的生命星球——地球，所以，无论是从科学还是美学的角度来看，太阳系都非常完美！"

李耀辉："可是我觉得还不够完美。"

"为什么？"师怀平困惑地问。

李耀辉："因为太阳系原本应该有两个地球，但是，现在只有地球一号，另一个地球二号还没有被唤醒。"

"您说的地球二号在哪儿？"师怀平更困惑了。

“就是它！”李耀辉手指着金星。

李耀辉用一个激光笔扫了一下金星，瞬间在金星模型的上方出了一个悬浮的屏幕，显示出金星的地貌。金星上昏暗的有山脉，平原和环形山的高温地表，几十级的飓风驱动浓云翻滚，大量炽热的岩浆像江河一样流淌，低空中频繁出现巨大而持久的闪电，到处下着硫酸雨。

师怀平极为诧异：“金星？怎么可能是地球二号？这可是一个高温毒气笼罩的炼狱星球啊！”

李耀辉看着悬浮屏幕说：“对，但更准确地说，它相当于一个 40 多亿年前没有装修的毛坯地球。”

师怀平笑了，“哦，那倒是，但是，40 亿年了，这个毛坯越来越烂尾了。”

李耀辉把头转向师怀平，“不！怀平，我们或许很快就会有能力重启这个烂尾工程！”

师怀平知道李院士说话一定是经过深思熟虑的，所以非常惊讶地看着李耀辉问道：“李院，我们真的会有这种能力，而且很快？”

李耀辉颇有自信地看着师怀平，“是的！”说完，收回激光笔，悬浮屏幕消失。

李耀辉接着对师怀平说：“这事能不能成，和你的 FAST 的报告有直接关系，说说情况吧。”

师怀平尽管有很多疑问，但此刻不容他多想，马上开始汇报：“是这样，正如您的预判，太阳已经被 SX 超新星废墟的夸克星球控制的磁场陷阱包围，磁场强度目前已经达到3亿高斯，而且还在继续增加，形势很严峻。”

李耀辉胸有成竹，“好啊！果然被强力狙击，我们期待的帮手终于到了，把报告给我。”

师怀平没理解李耀辉这句话意味着什么，加上刚才提到的毛坯地球，他脑子里的疑问更多了。他一边把报告递给李耀辉，一边努力梳理着其中的联系，但依然一头雾水。

罗达骑摩托回到雷通公司的业务办公楼，在走进大楼的时候，给黎刚发了一个语音：“大刚，你们最新的大载荷固体火箭的发射，展现了惊人的航天材料新技术，我已经拿到雷通董事会批准的雷通公司和天梦公司合作的意向书，祝天梦腾飞！”

罗达从电梯出来收到黎刚回复的信息：“提前发射总算赶上了你们董事会的末班车，谢谢罗兄力挽狂澜的临门一脚，把订单射进了天梦的大门，和性价比无敌的天梦联手一定前程似锦！”

罗达看后笑了一下，走到总裁办公室门口敲了一下门，然后推门进去。雷通公司的总裁乔治，一个50多岁的法国人，栗色头发中已经夹杂了些许白发，眼睛深邃，下巴略长。他正边喝咖啡边看电脑，看到罗达进来马上关切地问：“罗，顺利吗？”

罗达把取回的文件递给他，“很惊险！乔治，我到晚了，董事会马上要表决，最后安妮帮了我，这才改变了原来的议程，拿到董事会签署的意向书。”

乔治笑着接过来看了一下，颇为赞赏，“你推荐的和天梦公司合作的提案很及时，董事会同意改用天梦公司的新产品替代原有客户的订单，这样我们可以节省至少百分之二十的成本。”

罗达：“这下子公司总算能扭亏为盈了，我们马上给天梦公司做合同吧。”

乔治站起来颇有雄心壮志地说：“当然，不仅要下订单合同，而且我准备建议董事会在天梦公司入股百分之二十，同时在中国成立分公司，由你牵头。”

罗达兴奋地说：“好啊！乔治，如果这个1+N的中国计划实现，我请你吃火锅！”

“罗，一言为定，要鸳鸯锅！”乔治幽默地把“鸳鸯锅”三个字用中文说出来。

接着乔治端着咖啡走到窗前，看着东方的天空说：“罗，我一直有中国的情怀，你知道为什么吗？”

罗达：“肯定不会仅仅因为鸳鸯锅的诱惑吧？”

“当然，我的爷爷，曾经是一个神父，上个世纪初，他在中国四川西部的大山里一个叫磨西镇的地方，建造了教堂，不仅传教，而且建立孤儿院救济那里的穷苦孩子，甚至还帮助过当时的红军。”乔治看着窗外的天空颇为感慨地说。

“帮助红军？怎么帮助？”罗达很好奇。

“据说是为中国的红军领袖提供了吃住一条龙服务，红军在这里冒雨召开了一个重要的会议，叫磨西会议，这个会议改变了中国历史。”乔治骄傲地回顾着。

罗达伸出大拇指，“噢！那是红色教堂啊！”

乔治：“正因为这样，那座教堂现在还受地方政府的保护，允许他们传教和办孤儿院，有幸的是，我还为那座教堂做过一件善事。”

“什么善事？”罗达很感兴趣地问。

乔治：“我曾经资助一个来自那个孤儿院的中国孤儿，到欧洲进入航天学校，成了宇航员。”

“哦，那为什么他不在中国当宇航员？”罗达有些不解。

乔治两手一摊，“尽管他的所有条件都很好，但因为是孤儿，当不了宇航员。”

“是这样啊，不过，我更倾向于宇航员是一个有光环的职业，宇航员应该为自己的国家服务，”罗达阐述着自己的宇航观，继续说道，“更何况现在中国已经有了民营航天公司的宇航员，条件宽了许多，我的女儿就在天梦公司当任务宇航员。”

“但是十年前中国好像还没有天梦这样的民营航天公司，我只能尽量去帮助一个来自我爷爷所建教堂孤儿院长大的孤儿，去实现他的人生梦想，而且，”乔治耸耸肩继续说，“罗，我希望航天没有国界！”

2

天梦公司宇航训练中心，一栋8层高的现代风格的大楼，大门上悬挂着醒目的牌匾：“天梦宇航员训练中心”，楼前是一片训练场，场上有很多训练器材。

训练的宇航员们正在进行体能和力量测试，项目是单杠引体向上，海冰因为是新人，排到最后一个。

在海冰之前，所有人都完成了15个左右的引体向上，最多的完成了20个。

轮到了海冰，他脱了衣服，只穿了一件T恤，露出线条清晰的肌肉和健美的体型。只见他抓住单杠，并没有像大家那样，简单地做引体向上，而是来了一套“太空漫步”，也就是身体在胳膊的牵引下，缓慢地一点点地上升，并且双脚有节奏地做着走路的动作，就像是已经脱离了地球的引力在跳太空舞步。

海冰的表演一下子把全场都镇住了，因为这需要极强的臂力。

“太空漫步”的高潮是让上半身超过单杠，这个动作，海冰重复做了几次，结束之后，又来了个360度的大回环，并且转了五六次。

最后，海冰气定神闲地下杠，向教官报告："预备任务宇航员海冰已经完成全套动作，请指示！"

教官满脸的惊愕，对海冰鼓起了掌，"海冰学员，你不仅完成了规定的全套动作，还增加了难度，我的点评是——"教官看了看大家，接着说，"满分！"

大家也纷纷赞叹！

专业宇航员王腾，31岁，中等个儿，大眼睛圆脸，阳光开朗，走过来拍着海冰的肩膀说："海冰，你小子是不是吃了弹簧了，臂力真行啊？"

"我曾经是我们中学的单杠冠军，都被你压制了，力量太强了！"另一个专业宇航员刘志航，32岁，脸略长，瘦而强健，一副运动型身材，也过来表示对海冰的佩服。

海冰谦虚地说："我是试训的预备任务航天员，当然得拿出点绝活啊，涨点印象分，要不然屁股没坐热就把我淘汰了！"

"不过，一旦你转正，就厉害了，我们这儿一堆人竞争几个名额，你们任务宇航员属于大熊猫，拢共只有你和罗蕾两个人，物以稀为贵啊！"刘志航有点羡慕。

王腾干脆用嫉妒的口气开玩笑："早知道有任务航天员这个稀有品种，我也先干工程师，排你们的熊猫队。"

罗蕾，28岁，罗达的女儿，天梦公司女任务航天员，形体健美，容貌姣好，有点假小子，快人快语的性格，走过来大声说："哎，别得了便宜还卖乖，和国家队接近20:1的备胎库相比，你们才 3:1 的比例，所以，休想在地面养老哦！”

“但是咱们任务量没法跟国家航天局比啊！”王腾有点不服。

“放心吧，天梦公司刚刚发射了世界上性价比最高的大载荷固体火箭，这么猛的发展势头，民营国际市场肯定会打开，不会让你等到两鬓斑白才上天的。”海冰给王腾打气。

“哎！只要能上天，就算是两鬓斑白也不怕，我最大的幸福就是两鬓斑白的时候，还能在天上和地面的儿子通话。”王腾作憧憬状。

罗蕾对着王腾打趣地说：“小伙子，快进键摁得猛了，就你这个挑剔的劲儿，能在两鬓斑白之前把孩子他妈找到就不错了。”

大伙儿都起哄地笑了！

在宇航员训练结束之后，航天督导教官给司马西打电话汇报：“司马主任，海冰的常规素质训练成绩非常优秀。”

司马西：“知道了，这个成绩优秀不算什么，关键是看他宇航员专业身体训练的成绩怎么样，如果不行，就按规定办。”

督导：“明白！”

北京，中国科学院的一个中型会议室，正在召开一个极其重要的会议，其保密程度是空前的。

会议的内容是对太空的未来开发的展望，会议的参加者都是中国顶尖的学者、专家，还有政府的高层智库。为了参加这个会议，每个人都签署了最严格的保密协议。

会议的主持人，五十多岁，既有学识风度又很干练的国家科学委员会的秘书长苏恒宣布开始：“今天是一个特殊的报告会，报告人是国家天文台首席科学家李耀辉院士，他将要提出一份对未来人类有着极其深远影响的计划蓝图，请大家听完后表态，因为这将影响国家高层的决策。”

主持人说完，李耀辉走到讲台上，在会议室前方的大屏幕上放出一幅太阳系的模拟图，然后开始讲话。

“我今天要说的太空开发，大家可能会很吃惊，这个开发不是登陆一个星球，或者建造一个太空城市，我说的很可能是人类有史以来最伟大的开发，这就是我们已经有可能改变太阳系，制造第二个地球！”

李耀辉说到这儿，到会的人一片惊讶！

李耀辉接着说：“很多年以来，我一直在研究如何使用超级能量改变太阳系，打开太阳系给我们留了 40 亿年的宝藏，现在先请大家看一个视频。”

李耀辉放出一个视频，是 40 亿年前太阳系混乱的场景——

画外音：刚刚诞生的地球还是一颗没有水的死亡星球，因为太阳风带走了所有地表的水分子，如果没有什么偶然事件发生，地球将永远不会产生生命。但是，那时的太阳系在地球和金星之间，还有一颗火星大小的星球，由于它比地球和金星都小，所以它的轨道很不规则，终于有一天，这颗星球突然改变轨道撞向了地球，把地球撞得开膛破肚，大量的物质被抛甩到太空。就在这次撞击之后，地球突然获得了相对稳定的自转，地球的命运从此发生根本性的改变。因为地球的快速旋转导致地球核心的高温铁镍等离子汤产生了对流，并且通过对流产生了磁场，地球的水分子从此开始有了磁场作为保护伞，不再被太阳风瓦解，于是，地球上出现了地表水，它们汇成江河湖海，孕育了生命。而那颗星球的残骸，就变成了月亮。

视频放完之后，李耀辉对大家解释："这个假说已经提出了很多年，我们在座的很多天文学家都知道，但是，大概少有人知道的是，这是一个被验证的事实。"

在座的人开始哗然，纷纷议论，大家开始质疑李耀辉，这个假说是什么时候得到验证的，为什么天文界都不知道？

就在大家议论纷纷的时候，一个人站了起来，他是来自云南天文台的首席科学家马如思院士，62岁，眼神深邃，鼻梁较高，脸型偏瘦，戴一副褐色框眼镜，一看就是一个很聪明又很有主见的人，他对大家说："李院士说得对，这个假说的确是被验证了的，因为保密需求，所以直到今天都没有公布。"

面对所有人的惊讶，马如思继续说："我是研究天体地质学的，在30年前，我参加了一个横断山脉的地质考察，因为在那里发现了一个奇特的强大磁场，考察的结果证明，那个磁场的磁力源，就是星球撞击地球之后留在地球上的核心物质——原始星核！这个原始星核非常坚硬，所以在地球上一直完整地存在了几十亿年。"

李耀辉接着说："谢谢马院士的解释，今天的会议都是严格保密的，所以我可以披露这个信息，”李耀辉看了一下秘书长苏恒，得到了默许之后，他继续说，“正是因为发现了这个星核，我们国家才有了一个重大的科研行动——制造反物质。”

一个专家问：“你是怎么知道这个科研项目的？”

李耀辉：“我没有什么特权，但我的未婚妻参加了这个科研项目，我在答应她绝对保密的前提下，知道了这个消息。”

另一个专家问道：“现在这个项目成功了吗？”

李耀辉：“抱歉，这个我也无从得知，我和我的未婚妻不仅30年没有见面，而且音信全无，但我坚信一定能成功，这也是我今天给大家报告的改造太阳系蓝图的核心支撑！”

接着，李耀辉让大家看一个太阳系模拟图，然后用激光笔指着水星和金星说：“今天，太阳系的金星和水星，就相当于是40亿年前的地球和撞击地球的那颗星球，金星因为自转极慢，几乎没有磁场，也就不能保护水分子，这就是它被大量的二氧化碳包裹成为炼狱的主要原因。30年来，我一直在研究如何用反物质轰击太阳，让太阳产生强大的冲击波，然后驱动水星去撞击金星，让金星产生磁场，制造第二个地球，把太阳系中封印了40亿年的宝藏打开！”

下面的人立刻就爆了，大家开始激烈争论，一个专家说：“你这是在破坏太阳系！先不说反物质能不能研制成功，即便我们有了反物质，也不能这么做，这样做会给地球带来巨大的不可想象的灾难！”

另一个专家也坚决反对：“是的，太阳系是一个整体，牵一发而动全身，决不能轻易地改变。每个行星都有自己的轨道，如果缺失其中的任何一个，太阳系的平衡将被打破，地球的轨道也将出问题。”

李耀辉回应说：“我已经计算过了，水星对于太阳系的平衡基本上微不足道，实际上水星的存在反而给太阳系带来了扰动。在太阳系的内行星里，水星的轨道是很不规则的，而且，一些早期的研究显示，水星的轨道原本不在目前的这个位置，它是偶然被太阳捕捉过去的。”

“李院士，你的构想的确非常有魄力，我要为你鼓掌。”就在大家围绕太阳系能不能改变的问题上争论不休的时候，马如思先是赞赏了李耀辉的想法，然后进行了否定，“你说水星对太阳系的平衡没有什么影响，这个我同意，但是，水星被推出轨道将是非常危险的，因为我们很难控制水星的运动，稍有不慎，水星撞击的可能不是金星而是地球！我们的家园就可能遭遇灭顶之灾！”

“我进行过精密计算，只要我们在轰击太阳的时候，精准把握引爆点，就可以控制水星的运动。”李耀辉解释。

马如思继续说：“怎么能够精准地把握引爆点？我们的飞船能不能飞到太阳的表面不被熔化都是一个问题，更不用说在太阳的高温火海上选择精准引爆的位置了！而且，即便精准引爆，太阳冲击波的余波也很可能会影响水星的轨道运动！”

李耀辉：“你说的风险当然存在，但是，任何的伟大开拓都不可能没有风险，人类不能因为有风险就永远不去突破发展的天花板！”

无论李耀辉如何据理力争，几乎所有到会的人士都表示了反对。

李耀辉的这个未来使用反物质改变太阳系，制造第二个地球的方案被否决了。

散会后，苏恒过来握着李耀辉的手说：“李院士，你是在挑战造物主，这不仅是一个天体物理学的问题，也是一个哲学的问题啊！不过，很抱歉，我不能投票，否则我会支持你。”

李耀辉说：“谢谢苏秘书长，人有固有意识的羁绊可以理解，所以当人类需要突破文明的天花板的时候，往往需要一些外力的推动，希望这一天不会很远了！”

李耀辉刚刚走出会场，等在门口的马如思走过来挡住李耀辉，两人四目相对地看了一会儿，马如思对李耀辉说：“李院士，我知道还没有放弃，但是这个计划的确太危险了，无论你将来用什么理由，我都一定要阻拦你！”

李耀辉坚定而自信地回应：“马院士，很快就会有你们无法阻拦的理由！人类需要第二个地球！”

国家天文台兴隆基地，一座小山上坐落着很多天文望远镜，夜幕下，这些白色和银灰色的设施显得高端而神秘，因为它们是地球上的智能生物——人类，解密浩瀚宇宙的工具。

2.16 米大望远镜的观测室内，副研究员周亮，32 岁，名校毕业，虽然并不帅，但嘴上留的一圈淡淡的胡子比较酷，由于熬夜，脸上挂着疲惫，正在观测和记录。

岳雯走过去拍了一下周亮的肩膀打招呼：“周大师哥，都快12点了，你歇会儿吧。”

周亮一看岳雯，顿时有了精神，“岳师妹，天文台的颜值天花板又来找颜值地板蹭望远镜啦？”

“我们是太阳望远镜，只能白天看太阳，晚上看星星就得找你了。这次是来干点私活，当然不白蹭，你最爱吃的曹家煎饼都带来了，还加了两个鸡蛋。”岳雯举起手里的餐盒。

周亮眼珠立刻亮了一些，“嘿，曹家煎饼，还加了两个鸡蛋！豪华版的夜宵，行，接受贿赂，不过，只能给你半个小时，我最近赶论文呢。”

“半个小时足够。”说完，岳雯把餐盒递给周亮，把小行星数据输进望远镜系统，然后，开启望远镜自动搜索功能。

岳雯通过大视场望远镜终于清晰地看到了自己发现的那颗小行星，它是椭圆的形状，但与众不同的是，它的外壳斑斑驳驳闪烁着类似金属的光泽。岳雯兴奋地喊了起来：“太漂亮了！我终于看到了这个穿着花斗篷的独行侠了！”

周亮嚼着煎饼好奇地过来看了一眼调侃道：“什么花斗篷独行侠，这不就是一颗刷了漆的小行星吗？”

岳雯得意地说：“对，而且是一颗刷了好几种漆的小行星。不过，它可不只是颜色丰富，我初步计算了一下，它的速度非常快，每秒超过16公里，所以它有免签绿卡，自如进出太阳系，就像独行侠！”

“哦，每秒超过16公里，那是第三宇宙速度，太阳也拽不住它，真是独行侠啊！而且长得确实很花哨，真的是古灵精怪。”周亮又仔细看了一下数据发出感慨。

岳雯：“我得把它的光谱记下来，看看它的花斗篷下面到底有什么特别的宝贝。”

周亮：“是很特别，我感觉像是金属质感，而且不同的颜色像是不同的金属成分，看来，没点特殊气质，也不敢随便到咱们太阳系串门啊！哎，要不要我帮你把这个花大姐的光谱分析出来？”

岳雯歪头一笑拒绝：“不用啦，这事我得亲力亲为，保持仪式感。”

周亮不解：“嘿，为什么要有仪式感？”

“因为将来我要用老公的名字给这颗小行星命名。”岳雯对周亮调皮地眨了一下眼睛。

“你有老公候选人了？”

岳雯：“NO，我说的是将来。”

岳雯把观测到的光谱数据下载到手机里，临走对周亮叮嘱了一句：“师哥，麻烦你帮我把数据删了，别让人知道，谢了哦，嘿嘿！”

“知道，不过给你做保洁是不是可以赢取当男朋友的积分啊？”周亮看着岳雯将要消失在门口，逗了一句。

岳雯回头补了一句：“哈哈，至少可以得到免费吃曹家煎饼优先权的积分。”

宇航员训练厅，一个大型的离心机在大厅的中央，是所有宇航员都必须接受的非常重要的测试。

在这个离心机上，宇航员最大要承载超过一般人8倍以上的重力。但这是宇航员去外太空最基础的要求，在乘坐火箭突破地球引力的时候，都必须要面临这样的考验。

轮到海冰测试，教官像对待一般宇航员一样，把离心机的速率调到最低档，海冰坐上去，转了几圈之后，教官调到第二档，海冰顺利地转了几圈。教官接着准备调到第三档，但海冰示意教官把速率调到最高档，教官不同意，因为海冰刚参与训练不久，需要循序渐进，否则容易出危险，但海冰坚持调到最高的位置档。

测试开始，离心机越转越快，在即将达到最高速率的时候，旁边监测海冰的心电图已经屡屡报警，上面已经显示海冰的心脏正在承受常人难以承受的压力。在场的人都非常担心海冰是否能坚持住，因为就连一般专业宇航员都不敢轻易尝试最高档。

教官通过对讲机告诉海冰，他手边有一个控制键，一旦觉得不适，可以随时按下，离心机就能随时停下来。但海冰咬紧牙关，在最高速率上居然坚持了足够长的时间，最终圆满完成了规定动作，教官们给他打了最高分。

航天督导给司马西打电话汇报："司马主任，真厉害！海冰通过了离心机的最高档测试，已经超过了大多数专业的宇航员。”

司马西觉得不可思议，“哦，这小子还真是个奇人！”

航天督导：“到目前为止，海冰的所有训练成绩都是优秀，按照规定可以通过预备期转正了，我们是不是可以走流程了？”

司马西：“再等一等吧，他是任务航天员，业务能力还需要再考核一下。”

离心机训练结束，海冰对罗蕾说：“今天我就不在队里吃饭了。”

罗蕾：“怎么，有情况？”

海冰：“对，相亲。”

罗蕾诧异：“相亲？你也走这种路线？”

海冰：“是一个慈善组织关心孤儿，他们听说我还没有成家，非要帮我张罗。”

罗蕾：“那给你张罗的是什么人？”

海冰：“没仔细问，主要是去看看，算是给慈善组织一个交代。”

说完，海冰做了一个再见的手势。

罗蕾逗他：“如果相亲失败了，咱们内部调剂一下啊？”

海冰：“别呀，两口子都到天上了，谁管人间烟火啊！”

王腾也洗完澡搭着毛巾走过来，接着两人的话茬对罗蕾说：“人间烟火哪有天上星光美啊，我就愿意两个人都沐浴着星光过日子，别人还可望而不可即呢！多浪漫啊！”

罗蕾转头对王腾说：“看来还得多招一些女航天员，让你追求星光的浪漫。”

王腾逗趣说：“不用，不用，现有资源已经是最好的了！”

3

北京市一条毗邻繁华商业区的河边的大街上，岳雯一边接妈妈的电话，一边找地方。

“妈，我最近很多事呢，您这个相亲也太急了。”岳雯埋怨着。

岳雯妈：“哎呀，闺女，咱就算是曾经的校花也快大龄了，再耽搁你这个股票就要贬值了，一般的也就算了，但今天这个人可是百里挑一的知识型人才，是一个公益组织推荐的，人品绝对靠谱。他叫海冰，在一个航天公司当工程师，跟你的专业也能搭上，不能错过！”

海冰在附近给慈善组织的古大姐打电话：“您说的是那个河边码头附近有广告牌的咖啡馆吗？”

“对，你别迟到哦，人家可是名牌大学硕士，老漂亮了，天文台的台花，叫岳雯，和你特别匹配。”古大姐用非常喜感的东北口音说着。

岳雯东张西望，没找到地方，又问她妈妈：“你说是河边的咖啡馆？”

岳雯妈:“对呀，小月河，就在码头附近，那儿有一个大广告牌。”

岳雯:“哦，我再找找，这地方广告牌挺多的。”

岳雯拿着手机正在张望，突然，一个人掠过岳雯的身边，抢了她的手机。岳雯蒙了，过了一会儿才明白发生了什么事，赶紧大声喊:“有人抢手机！有人抢手机！”

正接电话的海冰突然看到一个人抢了一个姑娘的手机，赶紧追了上去。海冰的速度非常快，眼看追上了，抢手机的人慌忙把手机往旁边的河里一扔，继续跑，海冰没有分散注意力，继续追。就在快抓到的时候，抢手机的人乘势把旁边路过的老人往海冰的前进方向一推，海冰来不及躲，撞倒了老人，老人碰在一个尖锐的金属物上，痛苦地倒在地上。也就是这个时候，海冰抓住了抢劫犯。

他把抢劫犯交给旁边商场的保安，然后赶紧去看被撞倒的老人，老人被撞得不轻，流了很多血。周围已经有人拨打了120，岳雯也赶了上来，一把抓住抢劫犯问:“我的手机呢？”

抢劫犯喘着气回答:“扔河里了。”

岳雯极度失望。

海冰过来对愤怒的岳雯说:“我一会儿去医院，这儿你就等警察来处理吧。”

“他把我手机扔到河里了，我怎么办？你还不如不追他。”岳雯带着哭腔说。

“为什么？”海冰很纳闷地问。

岳雯:“你不追他可能会拿手机敲诈我，我或许还能花钱赎回来，现在扔水里了。”

“扔水里就扔水里吧，反正人没事就行。”海冰安慰道。

“手机泡坏了怎么办？我那里面有特别重要的资料，而且还没有备份。”岳雯显得十分焦急。

救护车来了，海冰急忙对岳雯说:“我先去医院，救人要紧，处理完了我回来帮你捞出来，现在的手机都防水。”

“真的，你帮我捞？”岳雯好像抓住了救命稻草。

海冰这才盯着岳雯认真地看了一眼，强调说:“对，等着我，一定帮你捞！”

说完海冰就打了个出租追救护车去了，岳雯留在原地一脸半信半疑地看着海冰远去。

海冰到了医院，穿过嘈杂的走廊到急诊室慌慌张张地问护士:“刚刚送来的伤者怎么样了？”

急诊室的护士问他:“你是谁？”

海冰:“我是——”

护士很有经验，没等他说完就对他说:“你是肇事者吧？今天事故特别多，已经好几起了，医院的血库没血了，这个伤者颈动脉受创，需要输血，否则会有生命危险！”

海冰撩起胳膊对护士说:“我是0型血，抽我的吧！”

护士:“那行，这也算是将功补过。”

海冰解释:“不是我撞的。”

护士不屑："一般肇事者都这么说。"

晚上，河边的路灯亮了，大街上人渐渐少了。

岳雯眼巴巴地等在河边，突然看到海冰来了，如同救星降临，连声说："你到底来了！真是言而有信，谢谢，太谢谢了！"

海冰："看你捶胸顿足，必须来啊，不过这河水挺深的，而且有点凉。"

"那，是不是没戏了？"岳雯失望地问。

海冰故作严肃："准备一瓶好酒，就有戏！"

岳雯愣了："你要喝酒暖身？那我去买！"

海冰的电话响了，海冰说："不用，已经送来了。"

说话间，闪送就到了，海冰拿着盒子对岳雯说："看，这就是我要的好酒！"

岳雯诧异地看着海冰打开盒子，里面并不是酒，而是一个无人机。

岳雯很纳闷："不是酒，是无人机啊？"

海冰笑了："这是水下无人机，'工欲善其事必先利其器'，在水下找手机，不用科技手段是不行的。"

岳雯瞪大眼睛看着海冰和水下无人机，"你逗我啊！这太棒了，你花多少钱买的，等我的手机捞出来我转你。"

海冰："在我朋友那儿借的，没花钱。"

海冰把水下无人机放进水里，用手机操控着。水下无人机的性能很好，自带一个强光探照灯，把水底照得很亮。一会儿，海冰根据信号定位器发现了岳雯的手机，落在一片长满绒毛的水草旁边。

海冰把无人机的遥控器交给岳雯，然后脱了外衣，一头扎进河里，捞起了手机。

“太谢谢你了，你真是见义勇为又乐于助人的英雄！”岳雯接过手机，激动地对海冰连连表示感谢。

“英雄？别提了！在医院我给被误撞的老人献了一大管子血，还被冤枉成肇事者，这边还得给你玩潜水。哎！你开个机看看，能不能用。”海冰一边拧着衣服上的水，一边发着牢骚。

岳雯试着开了一下机，手机没有反应，岳雯失望地叫了起来：“完了，开不了机了！”

岳雯极度沮丧，一屁股坐在地上，呆呆地看着夜空。

海冰用湿衣服擦着健硕的身体，看着岳雯沮丧的表情问道：“里面的资料特别重要吗？”

岳雯：“嗯，特别重要！”

海冰：“没备份？”

岳雯带着哭腔：“没有，我还专门让人把原始资料给删了。”

海冰拿过手机，看了一下对岳雯说：“我是航天工程师，对电子产品有一些了解，我先拿回去，试试能不能开机和恢复里面的数据。”

岳雯非常好奇地问：“你是搞航天的？”

海冰：“对。”

岳雯：“哦，你叫什么？”

海冰:“我叫海冰。”

岳雯:“海冰？你叫海冰？”

海冰:“对呀！”

岳雯惊叫,“太巧了，我叫岳雯，天文台的！今天本来约好的。”

海冰也惊讶,“啊！真是巧了！你就是那个传说的台花？”

岳雯有点小得意:“别人眼里算是吧，没想到我们是以这种方式见面。”

“是啊，我这个相亲代价太大了，血赔啊！”海冰唏嘘着。

岳雯这下来劲了,“不，不，这就是缘分啊！哎，你现在的身份是我的准男朋友，必须对我负责，这个手机里的资料对我真的非常重要，请你千万给我恢复好！”

“嘿，你要是把‘准’字去了，我就有非常大的概率能把手机恢复！”海冰幽默地回应。

岳雯恢复了顽皮,“只要你帮我恢复数据，那就没‘准’了，本宫说到做到！我这会儿去公安局做笔录，我要向他们说明你是见义勇为，撞到那个人不是你的责任。”

海冰:“哟，那得赶紧，我还等着见义勇为的奖金赔偿伤者呢！”

天梦公司黎刚的办公室，做事严谨的办公室主任安岩把一份文件递给黎刚说:“国外网站刚刚报道了一个消息，说欧洲议会通过了一项法案，禁止他们的航天公司和中国民营航天合作。”

黎刚腾地站了起来，“什么？欧洲议会法案，禁止和中国民营航天合作，这么有针对性？”

安岩:“是的，感觉就是针对天梦。”

黎刚把这篇报道在自己的电脑上调出来，看了一会儿说:“没想到啊！他们居然草木皆兵到连民营航天都不合作了！”

“我也觉得奇怪，他们这是伤人一千，自损八百啊！”安岩也表示很不理解。

黎刚的手机响了，是罗达:“大刚，太愤怒了！合同撤销了！议会刚刚通过的法案，你知道了吧？”

黎刚:“你是说，和中国民营航天合作也不行了？”

罗达:“是的，他们认为未来是太空时代，无论是太空通信，还是太空能源以及各种太空的科学实验，都是科技发展的敏感领域，因此不能在这方面给中国民营航天提供市场和资金支持！”

黎刚:“不可思议！他们不明白合作共赢的道理？”

罗达:“没办法，连乔治都很无奈，但他只能服从！”

黎刚:“现在看来，民间的太空也有国界啊！”

罗达:“是的，到了科技的前沿，碰到掌握命脉的事情，一切就图穷匕见了。不过，我会随时关注这边的动态，有情况我及时跟你联系。”

海冰拎了一兜水果去医院看望被撞的老人，走到护士台，对护士说:“我叫海冰，来看一下被撞的病人。”

护士瞪大眼睛认出了海冰说:“哦，你就是那个输血的肇事者啊，家属都来了，我去通知一下。”

顺着走廊往里看，海冰看到被撞老人的房间门口围了许多人，猜想一定是家属都来了，这兴师问罪是少不了的。海冰忐忑地等在原地，等待着家属们的谴责风暴。

护士进去一会儿就出来了，几个家属随后跟着她朝着海冰冲了过来，看上去十分激动。

海冰看着对方来势汹汹，赶紧对走在前面的护士说:“我去给他们家属道个歉。”

护士却对海冰说:“你道什么歉，这些病人的家属是感谢你来了！”

海冰蒙了:“我撞了人怎么还感谢我？”

护士:“我也说不清，让我们的大夫给你解释吧！”

说话间，家属们都过来了，后面跟着一个五十多岁的大夫。

护士指着海冰对大夫说:“廖医生，这就是肇事者。”

所有人都把目光集中到海冰的身上，但都是友善和惊讶的，廖医生看着海冰说:“谢谢你！”

家属们也一起说:“谢谢你！”

海冰更是丈二和尚摸不着头脑，“谢谢我，为什么？”

“请到办公室，我来给你解释一下。”廖医生很客气地请海冰进了办公室。

在办公室里，廖医生对海冰说:“海先生，你的血奇迹般地治愈了那个被撞的人的癌症。”

海冰惊讶地看着廖医生，“我的血？这，这不可能吧？”

但廖医生对他说：“结果就是这样，本来撞击只是外伤，抢救过来就没事了，关键是这个老人曾经诊断有癌症，而且癌细胞已经全身扩散，但没想到的是，抢救之后，癌细胞没了。我们回顾整个过程才发现，是你输的血帮助患者清除了癌细胞，所以患者的家人非常感激你。”

海冰觉得不可思议，“我的血这么神奇？”

“目前看，的确非常神奇！”廖医生也同样觉得不可思议。

4

太阳的表面已经被超新星的磁场干扰，黑子不断增多，有一些黑子蓄积成耀斑，显然，太阳已经不安分了。

中国的太阳卫星在地球同步轨道监测着太阳。

太阳卫星功能很全，既有射电载荷观测单元，也有光学载荷观测单元，比地面太阳望远镜的使用效率更高，一是因为没有大气的干扰，二是可以24小时连续监测，不受气候和昼夜变化的影响。

国家天文台太阳卫星分析室，几个大屏幕分别显示着太阳的光球层和色球层的动态。

这上面可以清晰地看到卫星传来的太阳的结构组织，其中有黑子的生成和发展的动态，以及黑子驱动耀斑扩张的趋势。

李耀辉正在大屏幕上看着卫星传回来的图像信息，师怀平和高琪走了过来。

李耀辉问师怀平："FAST情况怎么样？"

"皮丹丹刚刚来电话说，超新星废墟的磁力陷阱不仅势头不减，而且包裹太阳的矩阵越来越强，磁场强度已经达到接近4

亿高斯。”师怀平向李耀辉汇报。

李耀辉眼睛里闪过一瞬间的窃喜，但表面上依然不动声色地指着卫星图像信息对师怀平说：“看来不能指望夸克星的磁场陷阱能量会在短期内消失了，现在太阳表面的磁场已经开始紊乱，11 年的周期被打破，耀斑正在密集地积蓄能量，我们必须连续监测太阳光球层动态，搭建太阳耀斑发育模型，一旦预测到可能发生大规模耀斑爆发，一定要在它影响地球前至少 40 个小时得到预判信息。”

突然，正当李耀辉对着屏幕里的卫星信息解释的时候，卫星信号消失了，大家都很诧异。

“怎么回事？”李耀辉看着消失的卫星图像问师怀平。

师怀平颇有点无奈地回答：“可能太阳卫星出故障了，最近经常这样。”接着对高琪说：“高琪，你马上了解一下情况。”

高琪，40 岁，副研究员，中等个子，眼睛细长，偏瘦的脸颊，戴黄框眼镜，一看就很聪明，是师怀平的助手。他赶紧拨通了电话询问，对方的回答是：“由于太阳卫星使用年限已过期，属于超期服役，刚刚发生了严重故障，一时很难修复。”

高琪向李耀辉和师怀平转述服务中心的回答之后，李耀辉对他们说：“情况很紧急，不能耽误，马上联系不同时区的国家天文台，争取用地面太阳望远镜接力观测，然后尽快申请发一颗储备的全天候太阳同步卫星！”

国家天文台北郊基地这段时间天气不错，晴空万里，岳雯和柴茵正在观测室通过太阳光学望远镜和射电望远镜观测太阳的动态。

岳雯观测了一会儿对柴茵说："柴茵，最近晴天多，咱们得抓紧屯数据，争取三个月之内拿出论文。"

柴茵一边在电脑上记录观测的数据，一边问："雯姐，为什么要三个月拿出来？"

岳雯："因为三个月之后要评职称了。"

"哦，那得抓紧点，我现在已经有框架了，是关于太阳黑子亮墙谱线的反转频率，到时候你再帮我延伸点思路呗。"柴茵向岳雯求助。

岳雯笑了一下说："没问题，只要请我吃曹家煎饼就行。"

柴茵拍拍自己的胸脯说："嘿嘿，只要我论文通过甲等，有机会排上队，我管你一个月的曹家煎饼。"

两人边干活边聊着，突然，高琪匆匆走进来对她们说："岳雯，你们先停一下，有一个急活儿！"

"什么急活儿？"岳雯诧异地问道。

高琪："大窝凼天眼报告，现在太阳遭遇了猎户座超新星废墟夸克星的强磁力陷阱，已经出现磁场紊乱，很可能会造成对地球的伤害。李院士要求尽快提供太阳磁场结构 24 小时连续动态数据。"

岳雯有点奇怪地问："高老师，李院士不是一直用太阳卫星的观测信号吗？我们的地面望远镜只能白天观测，做不到连续 24 小时实时动态观测啊。"

“哎，关键时刻掉链子，太阳卫星超期服役，刚刚出了故障，射电和光学两台载荷单元都不能用了。”高琪懊恼地说，“所以，李院士让我们退而求其次地用地面的望远镜临时救急，尽量多联系几家分布在不同时区的国家天文台一起联合观测。”

柴茵接着问：“高老师，时区即便能接上，一旦碰到多云的天气，或者阴天下雨，光学望远镜还是不能观测啊？”

高琪解释道：“很快就会发新的太阳卫星，你们就是临时救场！现在太阳的动态直接关系到对地球的伤害，必须尽可能地减少监测的空窗！”

岳雯：“那我们评职称的论文就得往后拖了。”

“放心！会给你们补时间写的，而且你们这段时间的工作量还增加权重，”高琪安抚她们说，“皮丹丹就是因为在大窝凼参与发现了夸克星的磁场陷阱，已经可以破格评职称了。所以，这也是好机会，你们只要观测到重要数据，产生重大的影响，也可能像皮丹丹那样破格哦。”

岳雯和柴茵平时只是做一些太阳的基础观测，现在被委以重任，而且还有机会破格评职称，两人兴奋地相互看了一下几乎是同时回答：“请李院士放心！保证完成任务！”

天梦公司黎刚办公室，黎刚的夫人吕华——天梦公司财务，48 岁，人过中年、端庄稳重的女人，正拿着一份文件在和黎刚讨论什么。

司马西敲门进来，看到她拿的文件，上面印着“房产证”，惊讶地喊道:“黎总，你真让嫂子卖房啊？”

黎刚:“西方出幺蛾子，连中国民营航天都打压，雷通公司临时撤销合同，资金链断了，只能拿房子抵押救急了。”

“司马主任，我们的融资因为国际形势的变化被冻结了，贷款马上要到期，资金一断，公司就要被罚，这个别墅十几年前买的，现在升值了很多，就贡献给天梦顶上几天吧。”吕华不舍而又无奈地给司马西解释。

“黎总，那把我的那个房子也算上！我马上给媳妇打电话。”仗义的司马西掏出电话。

黎刚摆摆手笑了，“司马，你那个三居室就算了，弟妹带娃还得过日子呢，别弄得鸡飞狗跳的！”

就在黎刚摁住了司马西打电话的时候，安岩敲敲门带着律师走进来对黎刚说:“黎总，这是大明律师事务所的詹律师，他处理不动产很有经验。”

黎刚和詹律师握手，然后对詹律师说:“请您和我夫人具体商谈吧。”

北郊天文观测基地。

岳雯和柴茵正在处理太阳的观测数据，岳雯对柴茵说:“北美的几个观测站的数据我已经拿到了，你再把欧洲的联系一下吧。”

柴茵:“没问题，我跟他们天文台联系好了，有一个帅哥特别热情，强烈要求加我的微信。”

岳雯笑着问："特别热情？是不是对你有想法？"

"必须说很有想法，因为东方天文小姐姐真的很迷人。"柴茵很自信地抿嘴一笑回答。

"这么说，'月'老要改成'日'老了，太阳牵红线啊！"岳雯逗趣地说。

柴茵："那我是不是也得学你，用小行星的命名来当选人的标准？"

岳雯："打住！你可别赶尽杀绝，这个是有弹性的，可以赊账，只要 50 年以后够得上小行星的命名就成！"

两人都大笑。

突然，岳雯的手机响了一下，打开一看是海冰发来的信息："忙活了几个晚上，终于把手机里的东西捞出来了，打包了一个文件发给你，如果娘娘满意，别忘了承诺！"

岳雯马上回信息："谢谢！太感人了，本宫一言九鼎！"

岳雯立刻把手机里的文件输进电脑。

在屏幕里，岳雯看到了那天她在望远镜里观测到的光谱。

岳雯马上调出数据库的光谱比对，经过一番甄别，可以初步判定，自己发现的很可能是一颗价值极其巨大的宝藏天体，光谱上显示的全是重金属，其中有的谱线很接近金族一类的贵金属，其价值简直超乎想象。

岳雯张着嘴合不上，惊呆了，"我的妈耶！这很可能是一个聚宝盆啊！难怪这家伙有太阳系'绿卡'！很可能是从超新星的坟墓里钻出来的，太阳系的天体可没有这么土豪的！"

不过，她还不能完全确定自己比对的光谱的权威性，于是，她登录了中科院技术检测中心，把小行星光谱文件发给了它们，并且交了 500 块钱检测费。

国家天文台研究室里，李耀辉和师怀平仔细地观测大屏幕上太阳表面的耀斑和黑子变化。

“目前虽然只是小耀斑，但足以对地球上的航天器、无线电通信和网络造成干扰了。”李耀辉对师怀平说。

“我已经看到一些这方面出现故障的报道了。”师怀平忧心忡忡地回答。

李耀辉:“这还只是刚刚开始，我们现在依靠地面望远镜观测的间断的太阳磁场信息，只能预示更大的耀斑在蓄积能量，还不能准确地预警爆发的时间点。”

师怀平:“是啊，要想准确预警，只有等我们的新卫星上天对太阳 24 小时的连续监测了。”

两人正说着，门突然被推开，高琪急匆匆地进来向李耀辉报告:“李院，台办刚刚接到院部通知，国家航天回话，他们的发射计划已经排满，现在排在前面的主要是空间站扩容、登月任务以及军事卫星，都是国家重点，咱们的卫星要发只能三个月以后了！”

师怀平焦急地看着李耀辉说:“那怎么办？咱们这也很急啊？”

李耀辉:“和航天部门再商洽一下，希望能插个队！”

国家航天集团总经理办公桌上摆着一个火箭模型，还插着两面旗子，一面是国旗，一面是航天集团的旗子，在它们的旁边放着国家天文台请求发射太阳卫星的报告。

国家航天集团的总经理谭大鹏，60 岁，半白半黑的头发，壮硕的身材，目光敏锐，胸有韬略，他正在给黎刚打电话。

谭大鹏:“黎刚，最近日子不好过吧？”

“谭总，你都知道了，被人掐脖子了。”黎刚苦笑了一下。

“原来我对你小子出走还颇有微词，总觉得你对我这个领导有点意见，但是现在看你干得很棒，给中国航天增加了新能量，很好啊！”谭大鹏给予肯定。

黎刚:“谢谢老领导的理解，我当时有点意气用事，觉得国外的那个奇人把私人航天搞得轰轰烈烈，我们中国民间也不能不做回应！”

谭大鹏:“你做的是对的，有些航天的事情，的确需要民间力量参与，以后国际航天的擦边球会越来越多，你们民间的赛道有特定话语权。不过，没想到你这个民营航天公司居然也被西方拒绝了，这就更充分证明民营航天也是一种不可忽视的中国力量！所以，黎刚，我必须支持你！以后有任何的需求，你尽管提，我一定尽力而为！”

黎刚很感激，“老领导，谢谢了，您这句话，就是寒冬的一股暖流，放心，我会挺过去的！”

谭大鹏:“不过，有一件事，还得请你先支持我一下。”

黎刚："别客气，老领导，有什么事您只管吩咐。"

谭大鹏："前几天中科院天文台找我们发太阳同步卫星，很急，但是我们日程排满了，最少也得三个月以后了，所以，我想让他们来找你，你们是大载荷固体火箭，发得快，也发得够高。"

黎刚颇感意外，"您放心把这么重要的国家任务交给我们？"

谭大鹏："我了解你，虽然喜欢特立独行，但做事靠谱。"

黎刚："谢谢老领导的信任，他们想多快啊？"

谭大鹏："最好能在半个月之内发射入轨。"

黎刚："这么急？"

谭大鹏："是的，情况很急，太阳触发了银河系的一个超新星废墟的磁力源，很可能出现大的太阳危机，对地球造成危害，必须全天候的监测。"

黎刚："那这个任务必须接！也的确只有我们固体火箭能在这么短的时间内准备好。"

谭大鹏："是啊，你们选择固体火箭的赛道关键时刻顶大用了，我马上请他们过来和你们签合同！"

黎刚放下电话，对司马西说："接了国家航天局转过来的一个任务，天文台的同步太阳卫星。"

司马西："怎么，他们自己不干了？"

黎刚："他们的任务量已经排到至少三个月之后了，而且，天文台要求的很急，就算他们愿意接，液体火箭短期也来不及准备。”

司马西：“这活儿不好干哪！现在太阳不稳定啊！”

黎刚：“是啊，但就因为太阳很可能会发生危机，所以才需要太阳卫星全天候的监测，必须迎难而上，让全社会看看我们民营航天的力量！”

司马西：“什么时候发？”

黎刚：“半个月之内！”

司马西：“这么急？”

黎刚：“对，加急，有加急费。”

司马西：“还有加急费！这倒是好事，雪中送炭，要不然真断顿了。”

“那房子还抵押吗？”旁边正在准备不动产资料的吕华听到这个消息问黎刚。

黎刚：“别呀！这活儿至少能顶一阵子了，房子先留着吧！”

吕华：“那我赶紧通知詹律师。”

5

横断山脉是中国最长、最宽的南北向山系，位于青藏高原东南部，虽然和青藏高原相比，横断山脉并不是最壮观的，但它却是中国生态意义上特别重要的存在。

因为，中国大多数山系都是东西走向，这种分布是符合地球大陆板块造山运动规律的，特别是4000万年前印度洋上漂来的印度板块和北方的欧亚板块碰撞之后，地壳呈东西向隆起，打造出了东西跨度达几千公里的喜马拉雅山脉和青藏高原，而其他的各个小型山系，大多也都受到这个大造山运动的系统影响，呈现着东西向的构造。

不过，中国大地上这种磅礴的东西向的造山运动，虽然缔造了地球上最庞大的高原和山脉群，但也极大地遏制了冰河时期生态链的繁衍和保全。

从北半球来看，由于受200万年前开始的第四纪冰川的肆虐，广大地域里的很多物种都遭到了灭顶之灾，可以说，这次持续百万年以上的星球级别的寒冷，灭绝了地球上大量的物种。

但是，中国是幸运的，因为我们有横断山脉，它独特的南北走向，恰恰成为冰川时代物种求生逃逸的通道。

专家认为，横断山脉的几个大峡谷，也就是著名的怒江峡谷、金沙江峡谷和澜沧江峡谷，成了冰川时代物种从高纬度向低纬度迁移的“高速公路”。

中国的西南大山里，保存了很多珍贵的古代动植物的孑遗生物，甚至还有恐龙时代留下的物种，主要就是得益于横断山脉的存在。

为什么在中国以东西向为主的山系里，会出现南北向的横断山脉呢？

这是因为4000万年前，印度大陆板块撞向欧亚大陆板块的时候，印度板块的运动方向的东侧出现了一个扭转，使得撞击出现了侧裂，把原来的东西向隆起的地壳，变成了南北向的构造，于是，就形成了与众多山系格格不入的逆向造山的横断山脉。

也正因为这个扭转性侧裂，使得地球的地壳也产生了一个巨大的暴露，深藏在地壳中滚动了几十亿年的原始星核，恰恰就在这个位置被托举出来了。

原始星核在这里被抬升到地壳的上层，它的上方就是被它顶起来的地壳——横断山脉的主峰，海拔7556米的贡嘎山。

贡嘎山被称为“蜀山之王”，有一个金字塔式的锥形尖峰，尖峰的下面是一个巨大的粒雪盆，这个粒雪盆孕育了中国最大的冰瀑布。

大冰瀑布的顶端海拔5000多米，高和宽都有1000多米，这里的冰雪突然翻过山崖成瀑状下降，形成一个凝固的冰坝，它也是著名的海螺沟冰川的源头。

就在这个大冰瀑布下面，藏着一个已经运作了30年的神秘的地下科研基地。

这个基地主要是利用地壳暴露出的40亿年前地球被撞击时留下的原始星核的强大能量，研制反物质。

和其他国家制造反物质的方法不同，大部分国家是采用粒子加速器，用强大的驱动力加速原子，让原子以接近光速的运动轰击目标，从而敲碎粒子，从其中找出反物质的粒子，但这个方法一直没有取得真正意义的成功。

而这个基地采用的完全是另一个路径，因为星核可以提供人类无法制造出的强大磁场，因此，中国的科学家利用星核建造了世界上最强大的粒子减速器，这种减速器可以降低电子的运动速度，利用超高强度磁场将高能反质子和正电子冷却、减速和聚积，最终在电磁场束缚下形成反氢原子，从而捕捉它们。

地下基地里布满复杂的仪器和设备，科研人员在紧张地忙碌。

基地里有一个悬浮的金属大球，安放在一个巨大的混凝土浇筑的坑口，坑下面就是星核从地壳里传导出的磁场能量，金属大球就是能量接收器。

陈文静，今年58岁，虽然两鬓有了白发，但意志依然饱满而坚定。她作为科研第二梯队接了孙肇基院士的班，成为首席科学家，已经主持科研5年。此刻她正带着研究人员进行又一次的实验。

此刻，基地里仪器开始轰鸣，粒子减速器在运转，陈文静和同事们紧张地监看着仪表的变化。

随着陈文静不断下令提升减速器的运转强度，整个基地里的仪器轰鸣声越来越大，人们感到基地的顶层都有点震颤了。

在达到最高峰值之后，陈文静举手示意停！

仪器戛然而止轰鸣，基地里一下子安静下来，所有人都紧张地盯着减速器远端的反物质磁场捕捉容器，期待着里面出现绿灯。然而，时间一分一秒地过去，捕捉容器没有任何的反应。

又一次失败！

陈文静似乎已经预想到这个结果，她身心俱疲地宣布："今天实验结束了，保留数据吧！"

基地主任崔星海，60岁，典型的军人出身，是基地行政管理的第二梯队，他接替了老主任，虽然年过花甲，但黝黑面庞上的坚毅里依然有高度的使命感。他很焦急地过来询问陈文静："陈教授，还是不行吗？"

陈文静黯然地摇头："不行！"

崔星海："那我们下一步实验什么时候开始？"

"暂时停止实验吧，"陈文静无奈地看着崔星海说，"因为按照目前的实验流程，即便我们再重复实验也没有意义。我已经把所有需要弥补的漏洞都做到极致了，还是不行，这说明原始星核的能量供给的磁场强度还不够。"

崔星海："唉，那就再强化磁场？"

陈文静:“我们已经物理强化暴露了几次，包括减薄星核覆盖的岩层，但现在已经到了极限。”

崔星海:“那怎么办？”

陈文静:“和陆工再研究一下，看看有什么其他新的思路可以提升星核的能量输出强度。”

崔星海:“好吧，我去通知一下陆工。”

陈文静看着崔星海匆匆地离开之后，拿起桌子上的杯子，从口袋里取出几片药，吞了下去。此刻陈文静觉得非常疲惫，由于长期在高能仪器近旁工作，身体遭受大量辐射得了癌症，人已经很虚弱。她明白，留给自己的时间已经不多了，如果再不完成实验，基地很可能就白白地浪费了30年，而星核也很可能会重新被大陆板块挤压回到地壳深处。

陈文静需要放松一下刚刚过于紧张的神经，她走向基地的一个角落。

在这个角落里，匍匐着一条大蟒，它的眼睛在昏暗的洞穴中闪着荧光。陈文静走过去，慢慢蹲下，充满感情地抚摸着大蟒，大蟒温顺地趴在她脚边，用头轻轻地蹭着她的身体。

这唤起了陈文静的记忆。

30年前，进入基地后，陈文静才知道自己怀孕了。她吓坏了，因为在军事化管理的基地里未婚先孕是违反纪律的，陈文静怕被赶出基地，一直不敢跟组织上说，由于工作服比较宽大，所以一直没有被发现。

有一天，陈文静感觉快生了，悄悄告诉基地的女医生王芳，希望偷偷地把孩子生下来。

王芳是生过孩子的，知道在基地里生孩子多么艰难，很担心地对她说："这样太危险了，还是向组织上汇报吧。"

"不行，如果组织上知道我未婚生了孩子，会把我开除的。我不能离开基地，这个实验对我太重要了，我一定要坚持到实验成功。"陈文静求王医生。

王医生非常同情她，决定帮她。

孩子刚出生的一段时间里，陈文静只能把孩子放在别人找不到的地方——基地的一个角落里，但这里有很多老鼠、蜈蚣以及毒虫，而陈文静还要工作，不可能一直陪护。

一天，一只大老鼠爬到婴儿的脸上，眼看就要撕咬。突然，一条大蟒出现了，它以迅雷不及掩耳的速度，咬住了大老鼠，并且很快把它吞了下去。刚好陈文静赶到看见了这个场景，她非常感激大蟒，给它起名二宝。从此，这条善良的大蟒，就像卫士一样守护着婴儿，驱逐了附近的老鼠、蜈蚣等。

五个月后，陈文静发现了基地的深处有一个洞通向冰川的地下河，于是，她决定从冰川地下河通道里悄悄地把孩子送出去。但当她背着婴儿进入冰川地下河之后，竟在迷宫似的河道里迷了路，分叉的河道把她搞晕了，到处是无比诡异的冰墙。就在她绝望的时候，二宝出现了，它蹭了一下陈文静，然后它在前面游，穿过复杂的河道，带着陈文静走到了地下河的出口。在那里，她碰到了一个出来办事的教堂嬷嬷，就把孩子和自己的全部工资以及一封信交给了她。

此刻，陈文静在心里默默地想：“儿子，妈妈一直不能照顾你，不能陪你长大，甚至为了保密不能把你交给你的爸爸，你的童年不知道吃了多少苦，这是我永远的心痛。但是，妈妈没有办法，为了国家和事业，只能让你受委屈了，现在，你已经到了三十而立的年龄了，你还好吗？健康吗？有自己的事业吗？妈妈太想你了！”

陈文静想着想着，不由眼睛里含满热泪。

二宝安静地卧在陈文静的脚边，似乎感觉到了陈文静的悲伤，开始轻轻地蹭陈文静的腿。陈文静非常感激二宝，实际上，这条通人性的大蟒已经是基地的特殊警卫，它用它的生物灵性监测着基地里的地质动态，因为一旦出现水文灾害、地震或者塌方，它就会报警。

她擦去眼泪，一边抚摸二宝，一边说：“二宝，你也不小啦，超过 30 岁了，该有自己的孩子啦，你还没有找到如意郎君吗？”

二宝似乎听懂了陈文静的话，睁开眼睛看了看陈文静，很快又淡定地闭上眼睛。陈文静笑了一下说：“难道你是要陪着我们完成实验才生孩子吗？看来我一定不能辜负你！我向你保证，一定会成功！”

陈文静站起来，颇为伤感地自言自语：“耀辉，对不起啦，你一定等急了，30 年，不仅青春早已远去，连中年也马上要失去了，其间我们甚至还丢掉了一个儿子，可你要的金箍棒我还没有制造出来。”说到这儿，陈文静突然由伤感变得无比坚定，“但是，你放心，只要生命不息，我就会一直努力下去，一定实现我们年轻时的伟大梦想！”

6

天梦公司的会议室，黎刚给所有参与发射的人做部署，说：“这次发射太阳卫星，是高轨，要发到地球和太阳之间的拉格朗日点，150 万公里，离地球比较远，目前太阳不稳定，空间环境很凶险，是一个对我们民营航天能否担大任的重要考验，所以，一定，必须，要完成好发射和入轨！”

司马西接着向大家具体强调操作要求：“由于最近太阳非常不稳定，必然会产生干扰，我们此次发射几乎是火中取栗，因此轨道计算要留出足够余量。”

张翔：“我已经优化很多火箭发射轨道数据，只要不出现大的干扰保证没问题。”

罗蕾：“我已经把卫星轨道的动量偏差考虑进去了，小规模太阳粒子的抛射可以矫正。”

听他们汇报之后，司马西看了一眼海冰，想了想说：“海冰，你就做一些数据核对吧，这是你的强项，发挥你找漏洞的特长。”

海冰听出司马西话里有弦外之音，但他并不在意，回答：“好，所有的数据我都会核对 3 遍以上，保证不出差错！”

发射场指挥中心，大屏幕里可以看到发射台上立着一枚准备发射的火箭，旁边的竖幅标语印的是：“祝天梦航天首枚太阳卫星发射成功。”

黎刚在指挥台指挥火箭发射，司马西、海冰、罗蕾、张翔都在自己的工位上各司其职。

黎刚向任务组发布指令：“进入发射程序！”

大厅里倒计时的声音在广播里响起来：“10，9，8，7，6，5，4，3，2，1。”

“点火！”

火箭腾空而起，火光映红大地。

指挥中心里各个程序组不断地报告：“一级点火正常，二级点火正常！”

多个大屏幕显示各个地面站的报告。

“云南地面站报告：卫星成功入轨。”

“狮泉河地面站报告：卫星成功入轨。”

“太平洋瞭望考察船报告：卫星成功入轨。”

大厅广播宣布：“卫星发射成功！入轨成功！”

大家都站起来相互祝贺！

海冰松了一口气，打开手机，看到好多信息，其中最多的一条重复信息显示：“我叫刘芸，是博睿医药集团研究中心的博士，有重要事情和您联系，请速回电话！”

海冰拨通电话问：“喂，刘博士吗，请问找我什么事？”

刘芸:“你好，海冰先生，我们得到报告，你的血有奇效，可以遏制癌细胞。”

海冰:“这我听说了，觉得不可思议，是不是搞错了？”

刘芸:“我仔细看了病例，没有搞错，你的血确实有特殊的活性成分，但是一个人的血毕竟是有限的，我们想把你的核心基因提取出来复制，造福人类，希望能得到你的配合。”

海冰:“怎么配合？”

刘芸:“需要请你到我们的实验室来，对你的生理和生化进行全方位的检测，然后找到你与众不同的强大基因的秘密。”

海冰对这个揭示自己身体秘密的邀请完全没有思想准备，但还是答应了:“好吧，既然是造福人类的好事，我愿意配合。”

太阳喷吐着日珥，一道道的火龙在太阳的色球层腾空飞舞，刚刚入轨的太阳卫星经过几次对轨道的点火调整，逐渐顺利地进入了最后的拉格朗日点，定位成功。

海冰从接他的豪华轿车上下来，有点不太适应地走过红地毯，来到一座非常气派的现代化建筑的大门前，门廊上面有醒目的“博睿医药集团”的标志。

一个知性、漂亮但略有点强势的姑娘过来热情地自我介绍:“我就是和你联系的刘芸，欢迎你海冰先生，希望合作愉快！”

海冰和刘芸握手，也客气地打招呼:“你好刘博士，希望合作愉快！”

接着一个60岁左右，头发梳得很有型，皮肤保养得很好，颇具风度的男人走过来，用比较浓的南方口音自我介绍："我是博睿集团的董事长，我叫刘炫，我代表博睿医药集团热烈欢迎您——海先生。"

"您好，刘董事长，不过这有点太隆重了吧？"海冰有点不太适应地说。

"不隆重，您能拯救苍生，怎么欢迎都不过分！"刘炫继续热情地夸赞。

海冰紧着摆手，"别别别！千万别把我架得太高了，我还懵着呢！"

刘芸领着海冰进入董事长宽大豪气的办公室，刘炫的女秘书走过来对刘炫说："董事长，都准备好了。"

刘炫点点头，对刘芸说："小芸，你给海先生介绍一下我们合作的条件吧。"

刘芸："好。"

刘芸从秘书手里拿过一份文件给海冰介绍着："这是我们合作的意向书，你看一下，主要的内容是希望你和我们独家合作，将来我们这个研究成果如果转化成功，将会极大地造福人类，其中你将会占股百分之十。"

海冰接过那份文件，看了一下，对刘芸说："这么复杂的条文我也不太懂，但既然是造福社会，我愿意和你们合作，股份就算了吧。我是孤儿，受惠于社会才有今天，能够做点贡献是我的荣幸。"

刘炫爽朗地笑了，“哈哈，海先生有公德心，而且非常爽快，但商业契约还是要有的，我们承诺，只要成功，一定按合同办！”

海冰还没有完全回过神来，只能应付着回应：“那也好，我可以做点慈善回馈社会了。”

太空，突然太阳的一个耀斑群抛射出强大的太阳风暴，把刚刚入轨的太阳卫星推出了预设点，在一阵阵粒子风暴的振荡中，卫星越飘越远。

博睿医药集团的生化实验室，有很多非常先进的高科技医学设备。

海冰先是做生化检测，抽了几管子的血，然后对这些血液的成分进行各种类别的分析。

生化检测之后，又对海冰的整个身体构造进行探查。

结束之后，刘芸十分惊讶地说：“海冰先生，包括生化在内几乎所有的科技检测都做过了，证明你的生理条件的确非常优秀，在你的基因里，有一种奇特的促进生长、修复细胞的能量，这让我想起了地球上一种最强韧的动物，叫水熊虫。”

刘芸在她的悬浮电脑上，放出一张图片，显示出一个柔软、乖萌、圆润的生物——水熊虫。

刘芸继续说：“水熊虫体形细小，体长0.05～1.4毫米，通体透明，足迹几乎遍布全球。它耐热、耐寒的尺度大得惊人，一旦生存环境恶化，身体便缩成圆桶状自动脱水，蛰伏忍耐。有人曾把水熊虫分别放在150℃和-200℃的环境中，再置于常温下，给予水分，它竟奇迹般地复活。科学实验还证明，原子弹的辐射杀不死它，马里亚纳海沟水压的6倍也压不扁它。”

刘芸转头看着海冰接着说，“你很像它！”

“我哪有它这么厉害！”海冰惊讶地看着图片说。

“你是没有它这么厉害，但你也有类似这样的基因，这种基因可以强化人体的免疫力，在人体内清除恶性细胞，并且促进生长因子。总之，你在各方面都超出常人。”刘芸对颇感不可思议的海冰解释着。

说到这，刘芸眼睛转向水熊虫的图片说：“水熊虫是亿万年进化的结果，而你是进化突变的奇迹！”

“你都把我吓着了，我自己都在怀疑我还是地球人吗？”海冰有点惶恐地说。

刘芸：“你当然不是外星人，但最大的问题是，我还没有搞清楚你强大的缘由。”

海冰：“能搞清楚吗？”

刘芸：“必须搞清楚，否则我们也很难找到合成你身上的奇特基因的逻辑，所以，我希望尽可能多地了解你的身世。”

海冰：“我就是一个孤儿，从小被四川泸定县磨西镇的教堂孤儿院收留，没有什么特别的。”

刘芸：“正因为你是孤儿，所以追索你不为人知的出生信息才特别重要，很可能在孕育你生命的某个时刻，曾有过导致你生理变异的节点，因此非常有必要去一趟你生活过的教堂调查，希望你能和我一起去。”

海冰正要答应，突然电话响了，是张翔打来的，“海冰，司马主任让你立刻回公司，太阳卫星失联了！”

海冰大惊：“知道了，我马上回来！”

放下电话，海冰对刘芸说：“公司有急事！磨西镇只能你一个人去了，我必须马上回公司！”

天梦公司的会议室，黎刚面色严峻地对大家说：“太阳的不稳定远超出我们的预期，二十几个小时前，突然有一股强大的太阳风暴把卫星推出了轨道，必须马上找回来，整个航天界都盯着我们呢！”

接着司马西语气非常沉重地补充说：“虽然这个事是不可抗力，但是不管怎么样，毕竟是天梦公司发的卫星出事了，所以，我们必须负责到底，这是责任，也是荣誉！”

张翔拿着电脑上打出的一堆数据，向黎刚和司马西报告：“现在卫星完全失联，关键是现在不知道卫星从哪个角度偏离的轨道。”

罗蕾也在努力地创建卫星可能失联的几种轨道模型，但没有成功，她对黎刚和司马西说：“太阳风暴的数据无法统计，所以偏离模型也无法创建。”

海冰没有说话，一直在看电脑上的数据。

司马西有点不客气地问海冰：“海冰，你怎么不说话，你不是很善于在大家的盲点上找问题吗？现在卫星出事了，你有什么想法也说说。”

海冰摇摇头盯着电脑说：“我还没有找到头绪，正在比较各种参数。”然后继续盯着电脑看数据。

司马西对黎刚说：“黎总，没想到球都进框了，又被弹出来了，这叫什么事？现在留给咱们的时间不多了，理论上超过 72 个小时就无法召回了！”

黎刚叹了一口气，“看来我们还是对太阳的不稳定准备不足，这可是航天界一个走麦城的事故啊！对咱们民营航天的负面影响太大了！”

这个时候一直在看电脑数据的海冰突然转头对沮丧的黎刚说：“黎总，我仔细梳理了一下发射的参数，根据最后卫星失踪前发出的信息来看，应该依然在我们信号可以召唤的范围内。”

黎刚一听立刻激动了，“是吗？你怎么判断的？”

海冰：“因为卫星在失联的时候，有一段信息逐渐递减的过程，不是一下子就消失了，说明我们只要循着这个逐渐递减的信号，就能分析出卫星失联过程的轨迹，很可能来得及让卫星接收纠错指令。”

黎刚连连点头，“有道理，按照这个思路分析，是有一线希望了！”

司马西有点不相信，“海冰，你说只要顺藤摸瓜就可以把卫星找回来？”

“是的！至少是很有希望的。”海冰颇有把握地回答。

司马西:“不过，你虽然看到了这根藤的影子，但是摸不到啊！”

黎刚:“那就使劲去摸，大家全都去摸，这是我们唯一的补救措施，必须尽快召唤！72小时是关键！从现在起，大家就按海冰说的思路去梳理线索！”

太平洋辽阔的中央海域，瞭望号科学考察船在风暴中起起落落，巨浪不断地打在甲板和驾驶舱的玻璃上。

考察船领队顾辉，45岁，被阳光晒得黝黑的肤色，凌乱的头发，疲惫的眼神，在驾驶舱里晃晃悠悠几乎失去平衡时接到了黎刚的电话。

黎刚:“顾队长，请你们再坚持一下，我们正在重新找回数据召唤卫星，需要你们配合捕捉啊！”

顾辉:“原定任务早就结束了，远洋考察船都已经返回了一半，现在又折回原点，海上驻留总时间已经超过一个月，上百人的补给已经捉襟见肘，而且观测点起了风暴，考察船处境很危险，很难再坚持了！”

黎刚:“顾队长，失联的卫星一旦召唤成功，第一时间将经过太平洋上空，如果不能逮住，就彻底丢了，所以我请求你们再坚持一天！至少20个小时！”

“但是，太艰难了，已经有队员脱水休克了！我们研究一下再给你们答复吧！”顾辉在颠簸的驾驶舱里一边摇晃一边回答。

黎刚:“好的，顾队长，如果能坚持，真是非常非常感谢！”

研究室里，张翔、海冰和罗蕾熬了一夜，凌晨，司马西走过去问他们："怎么样？"

张翔揉揉朦胧的眼睛说："还不确定，我算出来了那个最后消失点的数据点位大概在3.34微角秒。"

罗蕾也是一脸疲倦地说："我也不确定，消失点轨道变量的数值很可能是3.31微角秒。"

司马西看到海冰还在自己闷头计算，就走过去问道："海冰，你的计算有结果了吗？"

海冰摇摇头："还没有。"

司马西不满地说："测控组已经试过三组数据，都失败了，现在就看你们的了，但是你们的数据都不统一，差以毫厘失之千里，输入谁的呢？"

大家沉默着。

过了一会儿，海冰对司马西说："如果输错了数据，反而会干扰卫星回到正确的轨道，所以必须很谨慎。"

司马西："但是，如果再延误下去，卫星可能飘得更远，而且即便我们召回了卫星，太平洋上的考察船已经不能再等了！收不到信号也是白搭。"

张翔："那我们从头再计算一次。"

司马西盯着张翔，"还需要多长时间？"

张翔为难地说："没有把握，只能尽量地排除错误的位点。"

司马西看着张翔说："这太不靠谱了，现在每分钟的延迟都会耽误事。”接着司马西转头对海冰说：“怎么，黎总亲自拔擢的青年才俊，关键时刻拿不出东西，不能当机立断了？”

听到司马西尖刻的话语，海冰脸色苍白，突然站起来什么也没说离开了。

大家尴尬地留在原地，司马西问张翔：“我话说重了吗？”

张翔：“有点！”

海冰跑到研究室后面的小山坡上，呆呆地望着天空，他的脑子已经快死机了，无论怎样都找不到好的思路。

山坡草丛里的昆虫叽叽咕咕地叫着，眼前偶尔跳过几只蚂蚱，还不时飞过一些蝴蝶。这些漂亮的彩蝶围着野花飞舞，海冰看到其中一对蝴蝶相互追逐，突然有了感觉，便顺手拿手机拍了下来，然后给岳雯发了过去。

一会儿岳雯回了一条信息：“哈哈，比翼双飞真好！谢谢你帮我找回了手机资料，本宫不会忘记承诺，还要请你吃一顿大餐，什么时候有时间赴宴？”

海冰回复：“别提大餐了，我现在快崩溃了！”

岳雯：“怎么啦？”

海冰：“你们的卫星被太阳风暴干扰失联，我是参与发射的工程师，到现在还没找到。”

岳雯：“最近太阳风暴太厉害了，你们接了一个烫手的活儿啊！”

海冰：“既然接了就得负责到底，但是太阳风暴的模型没有准确数据，很难建立卫星偏离模型，看来这个坎儿是困住我们了。”

岳雯：“嘿！这件事或许我能帮你。”

海冰很惊讶，“你能帮我什么？”

岳雯：“如果我帮你找出太阳风暴的精确参数，你是不是就能建立偏离模型，给丢失的卫星偏离角度定位了？”

海冰一听，眼睛立刻亮了，他腾的一下坐起来回复：“太阳风暴那么多的动量，你怎么计算和失联卫星相关的数据？”

岳雯：“我们的卫星出故障之后，一直在连续用地面望远镜监测太阳的光球层变化，这就是我的业务范围。除了阴天下雨以外大部分的太阳风暴都是有编码记录的，你把你们的卫星轨道参数和失联的时间点发给我，如果那天不是阴天下雨，而我们正好记录了那个编码，你就可以有针对性地去判断了。”

海冰激动地蹦起来，“太好了！我马上把卫星数据发给你！”

海冰立刻发给岳雯卫星的轨道数据，又加上一串的作揖表情。

北郊天文台的观测室里，岳雯把海冰发来的卫星数据和她们最近记录的太阳风暴的数据进行比对之后发现，卫星失联所涉及的数据和她们观测太阳风暴的数据是对应的，但是，还缺少一些末端数据，这一部分刚好太阳转过去了，没有观测到。于是，岳雯对身旁的柴茵说：“柴茵，你的东方天文小姐姐的魅力该发挥了。”

柴茵扭头问：“啥事？”

岳雯：“请那个想加你微信的小伙子帮忙查一下数据。”

“什么数据？干吗呀？”柴茵好奇地问道。

岳雯：“最近一次太阳风暴的数据。咱们的太阳卫星刚刚失联，航天公司需要建立太阳风暴模型找回卫星。”

柴茵：“咱们的数据不够吗？”

岳雯：“末端太阳下山了，还差一点，他们天文台正好接上了。”

柴茵乐了，“好吧，冒着跨国之恋的风险，我跟他要。”

大约十分钟之后，海冰收到岳雯回信：“运气非常好，那天从东北半球到西半球天空晴朗，观测非常清晰，你要的编码正好我们和国际友台记录了，现在发给你。”

海冰收到岳雯发过来的一个文件包之后，无比兴奋地往回跑。

黎刚来到研究室，发现海冰不在，奇怪地问：“海冰呢？”

大家看看黎刚，又看看司马西，没有说话。

黎刚问司马西：“怎么回事？”

司马西有点懊恼地说：“刚才我说话重了一点，海冰出去了。”

黎刚埋怨司马西：“你呀！赶紧找海冰！太平洋上的考察船已经无以为继了，必须马上找回卫星，如果考察船撤离，即便找回卫星，我们也无法第一时间收到卫星的信号了！”

司马西：“好，我马上去找！”

突然，门开了，海冰回来了！

大家都看着海冰，但海冰没有跟任何人说话，径直走向工作台，开始闷头计算。

顾辉在被巨浪打得东倒西歪的船上给黎刚打电话：“虽然我们的给养已经快没了，而且很多队员已经病倒了，但大家还是决定再坚持一下，因为我们明白这是一颗很重要的卫星，不过，最多只能再坚持 24 个小时。”

黎刚：“谢谢你顾队长！你们都是英雄！只要再坚持一天，我们一定能找回卫星！”

海冰闷头计算，时间在压抑的氛围中一分一秒过去。

突然，海冰把头抬起来对众人宣布：“我算出来了！”

海冰对看着他的所有人说：“我从天文台拿到了太阳风暴的参数，这是一次多股抛射的风暴，但他们刚好观测到推离我们卫星的那一股太阳风暴。据此计算，卫星被推离的方向，应该是在它的 15.46 微角秒延伸范围，根据这个我计算出卫星最终被甩出去的位置，还来得及召唤！”

司马西立刻激动地喊起来：“太好了！快！马上给卫星输入海冰的数据。”

张翔：“是！”

考察船在飓风颠簸中，终于捕捉到了太阳卫星的反馈信号！

“我是瞭望，收到卫星信号！我是瞭望，收到卫星信号！”顾辉兴奋地对着通话器大喊！

大屏幕上，太阳卫星接收到信号，慢慢调整姿态，再次入轨成功，开始工作。

指挥中心里所有人都欢呼起来！

司马西夹着一个公文包走到海冰面前，对着海冰的肩膀给了一拳说:“海老弟，你真有两下子，黎总看人的确有眼光，我算是彻底服了！”

海冰作委屈状，“司马主任，这得谢谢你刺激我，让我这个几乎死机的脑袋断电了一下，出去拍了张蝶恋花的照片发给我的天文台的女朋友，刚好被她救了场。”

司马西打趣地说:“多好啊，既挽救了卫星，还促进了你的姻缘，一举两得啊！”

海冰立刻趁热打铁调皮地问:“司马主任，能不能一举三得，我的航天员预备期通过的资格证还没给我呢？”

司马西笑了，从公文包里拿出一份证书递到海冰手里，“拿着！本来还有一个登记流程，但你立了大功，这个流程给你免了，从现在起，你就是天梦公司正式的任务宇航员了！”

海冰啪的立正，“是！谢谢司马主任！我一定不辜负公司的期待！”

黎刚也走过来笑呵呵地对海冰说:“给你好好放个假，争取尽快把女朋友培养成太太，我们航天太需要天文才女的襄助了！”

海冰说：“放心，黎总，您的这个指示我一定争分夺秒地执行！”

大家都笑了。

7

国家天文台郊外宿舍区。

岳雯一身休闲的打扮，格外清新优雅，她愉快地走出宿舍去见海冰，但四下张望却没看见人。

岳雯觉得很奇怪，拿出手机问海冰："你不是说已经到门口了吗？怎么没见人啊？"

"哈哈，你抬头！"海冰回答。

岳雯抬头看天空，居然发现天上有一架飞行汽车在盘旋，海冰在空中伸出手向她打招呼，接着驾驶着飞行汽车盘旋了一圈潇洒地降落到岳雯的身边。

岳雯惊讶地喊道："你这是飞行汽车？"

海冰穿着T恤、戴着棒球帽，从飞行汽车里下来对岳雯说："对，最新款，找朋友借的，他是这款飞行汽车的设计师之一。"

岳雯："嗨，真棒！看起来很科幻啊！"

海冰："当然，全是黑科技，我朋友这款飞行汽车已经要量产了，以后可以实现飞行自由啦。"

岳雯："太棒了！那我就先当个体验官！"

海冰笑着伸手指着飞行汽车说:“请!”

岳雯充满好奇地上了飞行汽车，坐在副驾驶的位置，海冰跟着上去坐在司机的座位上。坐好后，海冰问岳雯:“你不害怕吧?”

岳雯:“有你这个航天工程师开，我当然不害怕。”

“岳雯女士，纠正一下，本人现在是天梦公司的正式宇航员，您坐的飞行器是宇航员驾驶的。”海冰坐好后对岳雯诙谐地强调说。

岳雯颇为惊讶，“啊!你这个航天工程师居然成了宇航员?太厉害了!”

海冰:“嘿嘿，应该感谢你，你帮我找回了卫星，领导奖励我提前拿到了宇航员的证书。”

“哦，那我也得感谢你，因为你给我机会让我帮你们找回了我们的卫星，台里决定让我破格评职了。”岳雯笑着说。

海冰:“哈哈，怎么听着像绕口令啦，反正都是好事!这恰恰说明，咱们俩是天生一对，事业上的合作伙伴，生活里比翼双飞的情侣。”

岳雯:“情侣，这个词听起来好刺激，我人生第一次扮演这个角色。”

海冰调皮地说:“那你从现在开始就要习惯这个角色，因为你承诺过，只要我帮你找回手机里的资料，你就把准男朋友的‘准’字去掉。”

岳雯抿嘴一笑，“当然，本宫一言既出。”

海冰马上接，“火箭难追！那我们就跳过没有技术含量的相亲流程，直接切换情侣模式吧！”

“好啊！”岳雯快乐地回答。

海冰打开导航问岳雯：“现在整个天空大地都属于我们，想去哪儿？”

岳雯想了想提议：“我们这个北郊观测基地离长城比较近，就去感受长城的气场吧！”

海冰利索地启动飞行汽车，“好嘞，走起！”

飞行汽车先在地面正常行驶，一会儿，路面上出现了很多车辆，开始有点堵了，海冰拉下操纵杆，飞行汽车立刻伸出四个旋翼，强大的升空推力把飞行汽车抬升起来，他们掠过前面排队的车辆，周围车辆里的司机都惊讶地看着他们飞过头顶。

飞行汽车越升越高，他们的头上是蓝天和白云，下面是逐渐远去的建筑和道路。

岳雯一直兴奋地看着前方，享受着从嘈杂的地面到空旷的天空的梦幻般的转换，好几次忍不住惊呼“太爽了”！

飞行器很快飞到了长城，沧桑、古朴，巨大的古代建筑就在他们视野下方，看到在群山中俯卧蜿蜒的城墙，两个人都感受到前所未有的视觉震撼。

岳雯激动得不停感叹：“海冰，我这是第一次在空中看这条人工创造的石头巨龙，太壮丽了！”

海冰：“是啊，这是世界上唯一的一个用一道大墙把国家圈起来的建筑奇迹！”

岳雯:“你说秦始皇到底为什么要造这样的一座大围墙?”

海冰:“为了当老赖。”

岳雯:“当老赖?这是什么意思?”

海冰:“我看过一本书，书里说之所以中国有最发达的农业文明，是因为北方必须存在大量的贫瘠土地，也就是有辽阔的沙漠和戈壁。”

岳雯不解地问:“为什么?”

海冰:“因为只有大面积裸露的沙漠和戈壁才能和海洋对流形成强大的季风。”

岳雯:“季风有什么用?”

海冰:“季风可以在冬季把沙土运到中原，形成肥沃的土壤，然后在夏季又把海洋的雨水浇灌到中原，让庄稼吃饱喝足，所以中国的核心地带享受了最好的水土福利。”

岳雯:“哦，所以，中原农耕民族的富饶，是以生活在沙漠戈壁上的游牧民族的贫穷为代价的。”

海冰:“从某种意义上说就是这样，当游牧民族发现他们是季风的受害者的时候，准备向享受季风福利的中原索取‘赔偿’，而秦始皇拒绝了，不惜动用巨大的国力，修建了万里长城。”

岳雯叹息道:“原来是这样，那长城起到作用了吗?”

海冰:“当然，游牧民族最后只能把目标瞄向了欧洲，使得中原的王朝有足够的时间可以稳定地建立起封建制度，因此，长城在这个意义上维护了中华民族政治的成熟和统一。”

“一个能用如此宏大的物理工程来维护统一的民族，一定有强大的底蕴能够给人类做出巨大贡献。”岳雯感叹着，接着又问，“哎，这本书写得真深刻，叫什么名字？”

海冰：“书名叫《裂谷长河，悠悠中华》，回去我送你一本。”

两人在长城上空自由地俯瞰，纵论古今，感怀着这条石头巨龙的磅礴气势。

飞行汽车的功能非常强大，可以做很多高难度的飞行姿势和动作。

他们正兴趣盎然地俯瞰大地，忽然头上飞来一架准备降落的民航客机，岳雯兴奋地喊起来：“大飞机！我们能不能去打招呼？”

海冰：“那我就试试飞行汽车的极限高度。”

说完海冰把抬升动力加到最大，飞行汽车居然向上升了1000米，达到2000多米的高度，他们已经能够比较清楚地看到大飞机的航空标志了。

岳雯连连激动地喊：“太爽了，太爽了！我们居然可以和喷气式飞机比翼齐飞。”

他们看到大飞机里的人正惊讶地透过舷窗看他们，海冰和岳雯向他们挥手致意。

就在他们几乎要靠近这架快要降落的大飞机的时候，突然，天空出现一个大火球，大飞机的一侧机翼被击中了，顿时冒烟起火，同时海冰和岳雯在飞行汽车里感到一阵巨大的震颤，接着发动机冒烟，瞬间下坠。海冰赶紧操作控制杆，却发现飞行汽车的旋翼全都失去了动力，显然是被刚才的那一团火击伤了。

情况非常危急，海冰使劲摁降落伞的释放钮，但没有反应。海冰估计是出故障了，飞行汽车不断下坠，他果断地爬到后备厢，使劲把盖子拽开，从里面扯出降落伞，用手把它抛出去，降落伞在空中抖了几下，终于打开了。降落伞轻薄而巨大，在它的阻力作用下，飞行汽车止住了下坠。海冰此刻看了一下高度，离地面只有 150 米了。

海冰操控着降落伞把飞行汽车降落在一个烽火台上，然后拉出惊魂未定的岳雯。

岳雯看着海冰的这一系列操作，无比佩服，她还不太敢相信自己居然能够高空脱险，心有余悸地对海冰说："你简直是超人啊！反应太快了，居然能把出故障的降落伞拽出来！"

"这是我们天梦公司的产品，我们给这款飞行器装了超薄材料的降落伞，它能压缩得很小放在后备厢里，基本上不占地方，我知道它的结构，在紧急情况下是可以手动的。"接着安抚岳雯说，"只要降落伞打开，定位器就自动报警，一会儿就会有救援来找我们了。"

"刚刚一定是太阳风暴，最近爆发得比较频繁，但没想到会这么强烈！可惜那架大飞机了。"岳雯很惋惜地从天文角度给海冰解释。

海冰也很痛心，"是啊，看来太阳真是要出现大危机了，但愿那架飞机里的乘客能够化险为夷！"

岳雯："这还只是小型耀斑，我听李院士说，太阳的磁场已经被夸克星攻陷了，很可能会蓄能出超级大耀斑，一旦遇到这样的耀斑，地球将满目疮痍！”

海冰：“文明发展到今天，我相信人类不会束手待毙，总有办法的！”

海冰刚说完，手机响了，来电话的是飞行汽车的救援队，他们探知海冰的飞行汽车出了故障，询问海冰的情况，海冰告诉他们自己已经应急处理，目前是安全的，并且提供了准确的迫降位置。

岳雯的手机也响了，是中科院光谱检测中心发来的信息，信息显示送测小行星的光谱数据回来了，她赶紧打开数据包，里面有一个正式的检测报告：“岳雯先生/女士，您送交的光谱经过本中心检测，得出下列结果。”下面是一串数字，岳雯仔细查看，发现除了少量的铁镍元素之外，大部分是铂金、黄金、钯金等金族的元素，和她自己预测的重金属基本上一致，只是金族的比重比她原来估计得高太多了。

岳雯看到数据惊呆了喊道：“我的妈耶！这的确真是一座金山啊！”

海冰看到岳雯突然激动地大喊，诧异地问：“什么金山啊？”

岳雯非常兴奋地告诉海冰：“超新星的废墟不只是给人类带来危机，还有补偿！”

海冰很是困惑问：“什么补偿？”

岳雯：“在你给我抢救回来的手机资料里，有一颗我发现的非常特别的小行星。”

海冰：“哦，怎么特别？”

岳雯："我发现它基本上都是金属，而且是重金属，我以为是铁镍为主，但中科院检测中心刚刚发给我的光谱分析报告已经确认，它的金属主要成分是铂金、黄金和钯金，可以说全是金族的贵金属。"

海冰："啊！含量有多少？"

岳雯："我初步计算的结果，这个天体上铂金和黄金的含量占整个天体的60%左右，至少几千亿吨！"

海冰瞪大了眼睛，"嘿！这么吓人！简直是梦幻！"

岳雯："其实，这座金山就是超新星的尸体碎片，它伴随着磁场陷阱进入我们太阳系。"

海冰："呵！这就是你说的补偿！超新星废墟的磁场陷阱给太阳制造了危机，又用铂金和黄金小行星给我们送来医药费！"

岳雯："可以这么说。"

海冰："它现在在哪儿？"

岳雯："在水星和金星之间，它飞行速度极快，达到了第三宇宙速度，完全不受太阳引力的控制。"

岳雯拿出手机，打开软件，给海冰展示了黄金小行星的轨道和位置。

海冰看完对岳雯说："这是银河系银行在太阳系开了分行啊！直接把提款机送过来了。"

"不过很快，三四个月左右这个提款机就会离开太阳系。"岳雯有些遗憾地说。

海冰："你的意思是这颗超新星给咱们的大礼包在太阳系的

存放是有时间限制的？”

岳雯：“对！也就是半年游，给人类展示一下银行卡的数字就溜了，不知道人类有没有可能拦截住这个大礼包。”

海冰站起来，开始在长城上来回踱步，表情非常激动和亢奋。

岳雯看着他又继续说：“在太阳危机给地球造成创伤之后，哪个国家如果能得到这座金山，哪个国家就能更快地从灾难中恢复！”

“也就是说，如果我们得到它，就能因祸得福！你的这个发现太重要了，我回去马上向黎总报告，我相信他有魄力，天梦公司也有技术可以把这座金山搬回来！”海冰逐渐回过神来对岳雯说。

“真的？太棒了！如果这样，我发现小行星，你把它摘回来，我们将是一对前无古人的太空情侣！”岳雯听到海冰这么说兴奋地攥起了拳头。

海冰：“我初算了一下，这座金山的价值相当于全世界的GDP的总和，如果能把这座金山摘回来，太空经济将会超越地表经济，中国就要引领全世界的财富增长了！”

岳雯激动地大喊：“我们这两只蝴蝶真的要在宇宙比翼双飞了！”然后突然紧紧地抱住海冰，两人在长城上热吻，旁边是落日余晖照耀下的长城烽火台。

远方的天空，两架飞行汽车赶来救援了。

8

电视新闻报道，在太阳耀斑的屏幕背景前，主持人正在念一些很不熟悉的专业术语，由于是临时播报，有点断句不顺畅："目前这个太阳黑子正慢慢转向地球，6月10日，下午1点爆发，X1.9级，源于同一个黑子曾经爆发的X1.2级耀斑，目前看，整个亚洲、大洋洲，以及欧洲都受到影响，这次爆发已经造成多架飞机坠毁，还有一些卫星也被损毁。专家预计这种级别，甚至更高级别的耀斑，在未来的一段时间，将会不断增多。"

接着，主持人又进行了一个科普访谈，采访旁边的专家高琪："为什么会出现这种情况？"

高琪回答："超新星废墟里的夸克星的磁场陷阱控制了太阳，太阳表面的黑子几何级数增多，它们都是耀斑的温床，耀斑是磁场短路又重联的表现，就像保险丝不断被烧断又接通，这个过程往往会释放强大的能量加速粒子的运动，这些粒子会猛烈地向外扩张，形成耀斑！"

主持人："您的意思是太阳的磁场被干扰，导致耀斑增加？"

高琪："是的，这解释了为什么耀斑通常都在磁场较为强烈的区域，所以，当超新星废墟的磁场矩阵围剿太阳的时候，就相当于大量的电磁注入了太阳，激起了太阳表面磁场的狂躁，不断地形成耀斑。”

中国天河5号超级计算机机房。

马如思神色极其凝重地走进机房，碰到李耀辉从里面走出来，马如思对李耀辉说：“李院士，看来你运气不错，夸克星帮你，我们拦不住你了。”

李耀辉笑了一下说：“马院士，这是宇宙为我们敲的战鼓，它鼓励我们大胆开拓，穿过荆棘才见山花烂漫。”

马如思表情沉重地说：“你知道万一失误，后果有多严重吗？”

李耀辉：“所以，我在这个超算机房已经工作了一个月，我一定会确保万无一失。”

马如思摇摇头，“变数太多，超级计算机也未必能在这么短的时间内算清楚！”

李耀辉：“我相信中国的超级计算机能给出最完美的数据！”

说完，李耀辉走了，马如思眉头紧锁地进入机房，开始他的运算。

天梦公司会议室，岳雯在悬浮屏幕里展现黄金小行星，一边放图一边解释：“这颗闯进太阳系的小行星大约长500米，宽80米，呈椭圆形，具有固态表面，以每秒16.2公里左右的速度冲进太阳系，近乎与黄道面垂直。由于这颗小行星是银河系流浪天体，我就给它起名‘银漂’。”

岳雯放出另一个角度的照片，继续解释：“‘银漂’很年轻，表面没有环形山，也就是说它的外衣很新，都没有被撞击过，但也有一般小行星自身地质活动形成的山脉和裂谷，这打乱了它的金族分布，铂金和黄金交织在一起，这种交织形成了不同区域的斑块，就像披了一件花斗篷。”

岳雯用几个不同的角度来展示“银漂”漂亮的外观。

展示之后，岳雯继续说：“经过光谱分析，‘银漂’表层下有大量的铂金、黄金和钯金，估计至少有60%的占比，初步计算，达到几千亿吨。”

黎刚被震撼了，他问岳雯：“像‘银漂’这样纯粹的高含金量的小行星，在太阳系从来没有被发现过，为什么会突然出现？”

“这就是超新星废墟的特产，它有复杂可怕的隐藏能量，给我们的太阳带来了危机，同时也是一个巨大的财富集结地，或者说超新星的废墟就是宇宙的矿山，其中包含大量的金族元素，这一颗进入太阳系的金族小行星就是其中之一。”岳雯解释道。

师怀平看着大屏幕里卫星传回来的太阳图像焦虑地对李耀辉说：“李院，刚刚太阳又爆发了一个耀斑，新闻报道说已经造成不少灾害，从卫星发来的数据看，太阳耀斑的活动越来越频繁了，看来不可避免地要形成大耀斑，甚至超级耀斑！”

李耀辉淡定地看着太阳模型说:“因祸得福！”

师怀平非常迷惑，“因祸得福？您这话让我糊涂了。”

李耀辉转身意味深长地对师怀平说:“我曾经对你说，本来太阳系应该有A、B两个地球，但是，现在地球B没有启动，所以不完美，对吧？”

师怀平困惑地点头，“对。”

李耀辉:“那么，我现在要说，启动地球B的机会来了！”

师怀平一脸蒙地问:“机会在哪儿？”

李耀辉指着模型里的太阳说:“就在太阳危机里。”

“在太阳危机里？”师怀平极其惊讶地看着李耀辉。

李耀辉转过头看着师怀平郑重地说:“怀平，今天我告诉你一个天大的秘密！”

师怀平更加惊愕，“什么秘密？”

李耀辉:“我的未婚妻，研究粒子物理的陈文静老师，在一个秘密的基地里，已经封闭30年了，一直在研制宇宙中最强大的能量。”

师怀平惊讶地问道:“什么能量？”

李耀辉:“反物质！”

师怀平简直不敢相信，“反物质？！比核能还要强大的能量！”

李耀辉:“对！只要陈老师他们成功，不仅可以用反物质轰击太阳，瓦解夸克星的磁场陷阱，纾解太阳的紊乱磁场，消除超级耀斑，拯救地球，还可以用轰击太阳产生的冲击波推动水星去撞击金星。”

师怀平更蒙了，“让水星撞击金星？为什么？”

李耀辉：“让金星旋转，实现对地球 B 的唤醒！”

师怀平彻底明白了，“反物质轰击太阳可以一举两得，既能消除太阳危机。同时借着这个机会，让水星和金星重演当年地球被撞的故事，推动金星旋转产生强大的磁场保护水分子，把金星变成第二个地球？”

李耀辉：“对！如果我们为了让水星撞击金星，直接用反物质去轰击太阳，改变太阳系，一定会遭遇各种质疑和阻拦，但是，拯救地球谁也不能阻拦啊！”

师怀平：“我明白了！这就是您说的因祸得福！我们要感谢这次太阳的危机，给了我们理由用反物质正大光明、无后顾之忧地去轰击太阳，从而实现制造第二个地球的目的！”

师怀平说完激动地鼓掌：“您的这个构思太伟大、太巧妙了！”

李耀辉：“但是，这一切取决于反物质能不能马上研制成功，所以，我们现在必须向高层报告太阳耀斑危机的危险性和急迫性，敦促加快反物质的研制进度！在地球遭到重创之前，一定要把反物质研制成功！”

师怀平：“好的，我马上打报告！”

9

海螺沟基地的研究室里，地质工程师陆明，58 岁，戴着深度近视眼镜，半头白发，颇有栉风沐雨的野外沧桑感。他的导师秦辉是基地里第一代的地质专家，在几年前生病退休后，陆明成为第二地质梯队的学术负责人，这会儿他在大屏幕上放出横断山脉的地质解剖图给陈文静讲解。

陆明对陈文静说:“这个原始星核在地壳下面存在了几十亿年，始终没有被地壳运动撕裂，真是一个奇迹，说明原始星核特别坚固并且有韧性。它目前被印度洋板块顶了上来，嵌在欧亚板块和印度洋板块的夹缝里，已经为我们服务了 30 年。”

陈文静说:“这个位置正好在我们基地的下面，这也是当时选这里当基地的原因啊。”

陆明继续说:“是的，虽然原始星核和我们的基地是垂直的，但位置太深，现在看来，离我们实验成功所要求的能量还是不够，这也是这么多年我们的实验一直没有成功的主要原因。”

“有没有可能再强化星核的能量输出？”陈文静明知基地已经用尽了手段，但还是给陆明施加压力。

陆明："除非印度大陆抬升，把它再往上顶。"

陈文静摇摇头，"大陆抬升是地球板块运动，是宏观尺度的事情，我们做不到啊！"

"用原子弹去炸地层是一个可以尝试的方法，但不知道基地能否承受？"陆明提出破釜沉舟的方法。

陈文静马上否定："原子弹不行，肯定会引起大地震！基地都会垮，而且很可能会把星核炸跑了。"

正在他们讨论的时候，崔星海面色极其严峻地走到他们俩面前，把一份红头文件拿给他们说："这是我刚刚接到的高层的紧急通知，地球正在遭遇太阳耀斑的威胁，现在已经造成了很大损失，接下来会有更大的耀斑，人类文明很可能被重创甚至毁灭，现在只有反物质可以拯救地球，高层命令我们无论如何也要尽快把反物质制造出来！"

陈文静听到这个消息突然晕了一下，崔星海和陆明赶紧过去扶住她。一会儿陈文静缓过来了，两个人给陈文静端来一杯水，让她把药吃了。

崔星海说："陈教授，我们已经尽力了，向高层说实情吧，星核的能量不足以支持我们制造出反物质。"

陆明也说："是啊，星核的磁强度离我们实验成功的需要，还有一定的差距，原来的设计方案已经不支持我们的实验了。"

陈文静对他们说："高层从来没有给我们发过这样紧迫的指令，一定是迫不得已。"

崔主任："是啊，高层对科研一向是很尊重的，现在下死命令，说明情况已经非常严重了！”

陈文静这个时候眼睛突然睁大，里面闪出一道光！她问崔星海：“崔主任，高层通知是说太阳的耀斑威胁地球吗？”

崔星海：“是的！”

陈文静拿过桌子上的水，喝了一大口，然后看着崔星海和陆明说：“太好了！因祸得福啊！”

陈文静边说边站起来，崔星海和陆明有点蒙，他们怕陈文静站立不稳，赶紧上前去扶。

但是陈文静推开他们走到横断山脉地质解剖图前，对他们说：“我们有希望了！”

“什么希望？”崔星海和陆明都有点摸不着头脑。

“太阳耀斑！太阳的耀斑是一种巨大的能量，相当于几百万颗氢弹，如果能把这个能量作用到星核上，我们的实验就能成功！”陈文静激动地对他们说。

陆明马上明白了陈文静的想法，“对，太阳耀斑的能量足以深度激发星核，这个主意太棒了！”

“难道太阳的危机恰恰解决了我们的瓶颈？可问题是怎么把太阳耀斑的能量传导给星核呢？”崔星海很激动但是还没有完全想明白。

陆明兴奋地说：“我有办法！”

突然又一个中型太阳耀斑，强大的粒子流和射线冲向地球。

多颗卫星受到冲击而损坏，有些卫星甚至被直接摧毁，刚刚发射的太阳卫星因为加装了保护装置，虽然摇摇欲坠，还是幸存了下来。

地球上很多区域被影响，造成大面积停电、断网，通信设施被破坏。

天文台，李耀辉和师怀平等人看着太阳卫星接收的图像，太阳的表面已经多出了十几倍的黑子，这些黑子在太阳的表面漫游，正在触发更多的耀斑，而且，有一些成簇的黑子团已经在酝酿超级耀斑。整个太阳表面，就像划破了的脸，到处在“喷血”。

师怀平还是很担忧，他问李耀辉：“李院，您说咱们的反物质一定能研制成功吗？”

李耀辉：“我觉得一定会！因为现在人类已经得到了来自行星和太阳的两种能量。”

师怀平：“您这是什么意思？”

李耀辉：“这个秘密基地制造反物质，主要是靠行星留在地球上的原始星核，而现在，又有太阳耀斑，这是太阳的能量，我相信，他们会把这两种能量结合在一起，最终完成反物质的制造。”

师怀平惊讶地问：“您说这个秘密基地里有原始星核的能量？就是当年和地球碰撞的那颗星球留下的？”

李耀辉：“对，这就是这个基地最核心的科技，根据高层的反馈，30 年来，这个秘密基地的反物质实验一直没有成功，我判断这个原始星核很可能还是缺乏足够的能量，而现在，太阳来帮忙了，我相信反物质很快就能研制出来！”

师怀平觉得此刻自己的脑子不够用了，非常困惑地问：“您说太阳来帮忙？怎么帮？”

李耀辉：“太阳耀斑！这是相当于几百万颗氢弹的巨大能量，我想基地里的科学家会把这种能量用在实验中。”

师怀平拍拍自己的头说：“哦！我明白了，难怪您让我给高层打报告的时候强调太阳耀斑呢，这一方面是施加压力，另一方面是在提醒基地的研制思路啊！”

天梦公司会议室，海冰站在前面介绍方案。

黎刚、吕华、司马西、罗蕾、张翔等人看着前面的悬浮屏幕在听。

海冰：“我最后再总结一下，这个抓捕‘银漂’的计划分两步进行，第一步，我们的飞行器在金星加速可以切半径追上‘银漂’，追上后用撞击器撞击‘银漂’，让它减速，减到第二宇宙速度，留在太阳系，成为围绕太阳公转的天体；第二步发射载人飞船，带着两台发动机，由宇航员抵近操作，把发动机嵌入到小行星上，它们将会成为‘银漂’的动力，逐渐地把‘银漂’的轨道转向地球。”

黎刚在海冰讲完后，激情满怀地对大家说：“这就是我们最终研究的方案，由海冰负责归纳完成，这是一项前所未有的天文工程，一旦成功，往大了说，中国可以最大限度地补偿太阳灾难造成的损害，往小了说，也给了我们天梦公司全面占据行业高地的绝好机会！”

吕华不太乐观地说：“不过，太阳现在极不稳定，随时可能会有耀斑，因此这项工程肯定有很大的风险，我担心能不能找到投资方，或者拿到银行贷款。”

黎刚：“不入虎穴焉得虎子！我相信一定有勇于冒险的智慧资本和我们合作！”

10

磨西镇在著名的低海拔冰川——海螺沟冰川的末端，地质学家认为，这个古镇是冰川的冰碛物堆砌而成，因为海螺沟冰川受到太平洋季风和印度洋季风的双重“灌溉”，冰雪输出量极大，运动速度非常快，所以在上万年的时间里，从高山上搬运下来了大量的冰砾石，“填出”了一个半岛型的古镇。

磨西古镇的“磨西”在当地语言中是“宝地”的意思，的确，磨西古镇在历史上的确是一个“宝地”，首先它是茶马古道的重镇，这个大山中的平地，正好处在茶马古道中转的地方，历史上曾经有大量的商队从这里经过，在这里驻留、营商、交易，以及获得商队的补给等，对中国西部的经济繁荣有着卓越的贡献，今天这里的博物馆还展示着那一段商贾云集的风貌。

另一个“宝地”的意思是，它曾经在历史上发挥过重要作用。

磨西镇有一座法国人建造的天主教教堂，坐西朝东，建有经堂、钟楼和神甫楼。教堂是中西结合的风格，融入了川西的特色，既有法式建筑的石拱窗，又有纤巧的飞檐和木雕的樑楣。

这座教堂在中国历史上有着特殊的地位，因为红军长征到达这里时情况非常危急，几乎陷入绝境，于是在这里冒雨召开了磨西会议。

正因为磨西教堂在中国历史上特殊的贡献，因此这座教堂被当地政府保护了下来，尤其是教堂的孤儿院，一直在这一带做善事，救助了很多无家可归的孩子，海冰就是其中之一。

刘芸来到磨西镇，走进这个传奇的教堂，好奇地打量着这座古朴的法式风情的建筑。

教堂的主殿是一个拱形的穹顶，两边有一些镶嵌着彩色玻璃的窗户，但都残破了，大堂中摆着很多掉漆的长条凳，前面的墙壁上镶嵌着缺了一只手的耶稣像，雕像的漆皮剥落，雕像前有一些人在唱圣歌，音调不太准，或者说根本不准，混杂着当地的乡音，颇有浓郁的地方风味。

刘芸找到磨西教堂的神父刘约翰，50 多岁，眼窝很深。他了解了刘芸的来意之后，对刘芸说：“我们可以提供帮助，但是你们要付一些劳务费。”

刘芸告诉神父：“没有问题，我们会按照你们这儿最高标准的一倍付报酬。”

于是，神父派了一个年纪比较大的嬷嬷跟着刘芸去教堂的地下室找材料。

地下室很破旧，需要沿着一条布满灰尘、年久失修的楼梯走下去。

刘芸跟着嬷嬷踏着颤颤巍巍不时发出吱吱嘎嘎声音的木楼梯走到地下室，打开多年不用的旧锁，推开破旧的木门之后，一眼看去里面堆着很多杂物，其中散落着一些蒙着厚厚灰尘的箱子和柜子。

刘芸让嬷嬷先离开，自己留下来慢慢看。

地下室里有一股潮湿的霉味，墙上挂着厚厚的蜘蛛网和霉斑，大老鼠窜来窜去，东西很多，很乱，但刘芸依然希望在这里能发现海冰的线索。她拿着手电在里面仔细地翻找，每一个可能装资料的箱柜都不放过。

就在她轻轻地打开一个旧箱子的时候，突然从里面窜出了一条蛇，蛇头几乎贴着她的脸，她感觉到蛇的信子扫在了自己的鼻子上，吓得大气都没敢出，一动不动地僵在原地。那条蛇显然受到了惊吓，但在发现刘芸没有动作之后，也没有继续攻击，赶紧溜掉了。看着消失了的蛇，刘芸长长地舒了一口气。

天梦公司黎刚办公室。

司马西进来对黎刚说：“黎总，开了好几个大型招商会，几乎所有的大资本和投资人都不敢接这个项目，担心太阳不稳定，航天器被损毁的风险太大！更不巧的是，有一个投资人就在赶往招商会的现场时，飞机因为太阳耀斑失事了，现在搞得风声鹤唳！”

突然，办公室停电了，室内应急照明开始启动。安岩走过来对黎刚说：“最近太阳不稳定，经常停电，我让电工临时安装了应急照明。”

在昏暗的光线中，吕华走进来看着应急灯说：“情况很糟糕啊，太阳的不稳定已经越来越厉害了，连民用电都受影响啦。”

黎刚问吕华：“我们的贷款申请怎么样了？”

吕华：“没有批，所有银行都评估认为是E级，也就是最高风险级，除非有担保，而且保额要达到90%以上！”

安岩说：“不过，这也能理解，太阳这么不稳定，耀斑导致三天两头的停电、断网，航天器不断地被摧毁，现在国外的航天活动基本上都停了。”

“我刚刚让岳雯算过了，如果我们在15天之内发射火箭还来得及。”司马西焦虑地对黎刚说。

旁边的吕华说：“放弃吧，不可能有资本愿意冒险了，咱们把定制的飞船和撞击器也停了吧，要不然连预付款也白扔了。”

黎刚开始犹豫，他是一个非常有魄力的人，但此刻也不得不多加考虑了，“我们再等一天，如果还没消息，那就取消计划！”

第二天，就在黎刚准备取消计划的时候，安岩突然拿着电话对黎刚说：“黎总，有一个人打电话来，说要见您谈抓捕小行星投资的事。”

黎刚很意外，“什么人？”

安岩：“博睿医药集团的董事长刘炫。”

黎刚没抱什么希望，对安岩说：“卖药的，跟航天完全是风马牛不相及啊！”

安岩："我听说博睿医药集团实力雄厚，而且这个人态度很诚恳，似乎非常有诚意和咱们合作。"

黎刚似乎看到了一丝希望，就自嘲地说："噢，既然是卖药的，咱们就病急乱投医，请他来聊聊吧！"

崔星海和陆明从一个秘密的出口来到基地的顶端，旁边就是巍峨高耸的贡嘎山的主峰，他们所站的地方，是一个巨大的粒雪盆，也就是储存冰雪的仓库。

粒雪盆里的冰雪叫粒雪，也叫结晶雪，随着时间的推移，大大小小的雪颗粒相互挤压，紧密地粘在一起，其间的孔隙不断缩小，雪层的亮度和透明度逐渐减弱，这样就形成了发出蓝绿光的冰川冰，它们甚至比钢铁还硬。

两架直升机飞了过来，在他们的头上悬停，然后直升机用激光在冰川冰上钻出一个深洞，接着飞机的底舱盖打开，放下一个折叠金属杆。

陆明指挥着工作人员把这个高达几十米的折叠金属杆打开，牵引到刚刚打出的冰洞里，由于冰川冰非常坚硬，金属杆可以很牢固地插在里面。

立好后，另一架直升机的底舱盖打开，机械手放下一个伞状的接收器，在工作人员的指挥下，机械手把这个接收器安装在金属杆上。这个接收器可以聚焦太阳耀斑的能量，然后放大传导到基地下面大陆板块夹缝里的原始星核上。

安装结束后，陆明看着巨大的太阳耀斑接收器对崔星海说：

“崔主任，这一下，我们的基地就彻底暴露了。”

崔星海坚定地说道：“背水一战，如果再不能实验成功，保密也没有任何意义了！现在，我们基地的历史使命就要结束了，但一定是胜利的结束！”

超级计算机机房，马如思拿到超级电脑的数据，开始对水星被太阳系的冲击波推出轨道之后和进行撞击的结果进行模拟预测。

电脑给出了多种可能，有的是两颗星球正面相撞，星球大部分粉碎；有的是只撞击了一个侧面，彼此蹭破一点皮，两颗星球成为伴侣，但金星不会快速旋转；最好的情况是两颗星球在45度倾角相撞，不仅可以让金星快速旋转，而且撞斜了的倾角也能让金星产生季节的变化，但是，这种完美的碰撞概率只有5%；最可怕的是两颗星球擦肩而过，水星跑到了地球的轨道！

马如思看到这个结果，自言自语：“无论如何也不能冒险！一定要阻止李耀辉！”

太空，“银漂”在继续呼啸飞行，它在太阳系的逗留已经可以倒计时了，它的花斗篷在阳光下显得十分诱人，这就是人类有史以来遇到的最豪华的单件宇宙奢侈品，它的价值居然超过地球表面所有财富的总和。但是，它不会在花好月圆的时候来送礼，它的出现往往伴随着超新星带来的太阳危机，就看人类是否有魄力把它作为伤害“医药费”留下来了。

黎刚办公室，安岩带着刘炫和他的女秘书走进来，她向黎刚介绍：“黎总，这是博睿医药的董事长刘炫，刘董。”

黎刚努力地表现出热情的样子和刘炫握手，然后请他落座。

刘炫刚刚坐下就说：“我不会说客套话，我很欣赏你们这种民间崛起的航天力量，中国就需要你们这样有气魄、大格局的民营航天企业家，所以，我决定，支持你们的小行星抓捕计划，给你们投300亿！”

黎刚眼睛里闪过惊喜，他想不到大投资像天上的馅饼一样砸下来，他有点猝不及防，幸福来得太不可思议，以至于说话都有点控制不住，“那，那太感谢了！刘董，您和我们的合作一定会成功，不仅载入人类航天史册，而且会让贵公司收获巨大的利润！”

刘炫笑了一下突然话锋一转：“但是，我们也知道，这里面有非常大的风险，毕竟是太空工程，本来危险系数就很高，加上最近太阳特别不稳定，风险是极大的，我们当然想得到这座太空金山的巨大福利，但也要做投资失败的准备，所以，为了对我们集团的利益做必要的保障，我们希望和你们签一个特殊的协议，如果同意，那我们就签字。”

黎刚很诧异地问：“什么特殊协议？”

刘炫：“我要你们一个人。”

黎刚：“谁？”

刘炫：“海冰。”

黎刚很惊讶，“海冰？你们要他干什么？”

刘炫的秘书插话：“当然是好事，我们希望他和我们公司的一位女士结婚。”

黎刚愣了，“这，这是为什么？”情急之下，黎刚说话都有点结巴了。

刘炫：“因为海冰拥有极为特殊的生理基因，这个基因可以在根源彻底攻克癌症，前期我们和海冰已经有了愉快的合作，但为了更好地优化我们集团的利益，更好地推动基因层面对海冰的研究，我们需要他的生理权益，包括生育权益。只要答应这个条件，我们就愿意冒这个风险。”

黎刚继续问道：“请问是和贵公司哪一位女士结婚？”

刘炫秘书：“我们的首席生理生化学家，医学博士——刘芸。”

接着刘炫笑了一下补充：“也是我的女儿。”

刘炫秘书接着说：“我们调查知道海冰还是单身，我想这门婚事肯定不会委屈他，更何况这桩好事的背后还有造福人类健康的伟大意义。”

黎刚沉默了，低头没有应答。

刘炫觉得很奇怪，问黎刚：“这个条件很为难吗？”

黎刚露出十分为难的表情，“是的，别的事我都可以通融，唯独这件事万万不行！”

刘炫秘书：“怎么，难道海冰不是单身？还是我们董事长的女儿不配？”

黎刚：“是我无权替他做决定。海冰是没有结婚，但是，他有女朋友，而且这个价值连城的小行星就是他的女朋友发现的。”

现场的空气一下子凝固了。

河边，正是海冰给岳雯捞手机的地方。

海冰沿着河岸在前面快步走，岳雯在后面紧紧地追，一会儿岳雯追上了海冰，她拉住海冰的手，眼睛里含着泪，和海冰四目相对。

海冰说：“别劝我，黎总不会签这个合同，我也绝不会签这个荒唐的协议！我非常感谢黎总的仗义，他说宁可不要这个投资，也决不勉强我。”

岳雯：“我更不想，比你更不想，但是，‘银漂’很快就要离开太阳系，如果不马上抓捕，恐怕就再也没有机会了，这是人类文明的极大损失！”

海冰拉起岳雯的手，对岳雯说：“有没有这种可能，我们再等等，或许还有敢于冒险、目光远大，而且要求不荒唐的资本会给我们投资，我们还有时间！”

岳雯眼睛里闪烁着坚定，“我理解你，但是，现在看来，除了你以身相许，不可能有其他投资机会了，即便以后能等到其他投资，‘银漂’也等不及了，它只有不到半个月的时间等我们的火箭去追它了！”

海冰：“这我知道，但是，我觉得你比金山更重要！”

岳雯：“但是得到我并不能改变世界，而‘银漂’能改变世界，能在一定程度上舔舐人类在太阳灾难中受到的创伤，能让中国获得千载难逢的机会，总之，人的一生很难遇到这么重要的机遇，我觉得我们个人的牺牲值了！”

海冰突然抱着岳雯说：“别跟我说这些冠冕堂皇的理由，我不要‘银漂’，也不在乎人类的文明，只要你！”

岳雯继续说：“但是，中国需要‘银漂’，人类文明需要‘银漂’，我们的分开恰恰能成为最伟大事业的开端，我们作为这个伟大工程的合作伙伴、不朽的灵魂伴侣，这就够了！”

说完，岳雯眼含热泪看着海冰，海冰同样眼含热泪，两人再次紧紧地拥抱。

海冰看着岳雯坚定地说：“我不会签！绝不！”

突然，岳雯推开海冰，大声说：“你必须签，你要不签，我看不起你！一个只知道儿女情长的人，做不成大事。你只要签了，就能改变中国，改变世界，我希望我们共同成为可以让中国和世界变得更好的人！”

海冰愣在原地。

岳雯继续说：“你不仅要签，而且，我们台里的李院士已经决定派我来协助你们，我们会一起把‘银漂’抓回来！”

说完，岳雯决绝地扭头走了，留下海冰一个人。

海冰看着走远的岳雯，自言自语：“我当时为什么要拍那张蝴蝶的照片，这不是暗示我们重演梁山伯与祝英台的悲剧吗？”

11

火箭发射场，天气晴朗，发射场的高架上，挂着醒目的竖幅标语："博睿医药，牵手天梦捕获'银漂'！"

大火箭刚运到基地，基地王主任指挥工作人员进行卸货和组装。

指挥中心里工作人员也在忙碌，司马西和张翔部署火箭发射前的最后准备，海冰和罗蕾在最后一遍计算飞船的飞行轨道，岳雯在另一侧工位上计算小行星的飞行数据，她是天文台专门特派过来协助抓捕"银漂"的技术代表，工作中，她和海冰两个人似乎总会故意避开眼神的交流。

磨西镇，在地下室里没有得到有价值信息的刘芸，继续找这里的老人走访，询问退休的教堂员工。

终于，其中一个老员工告诉她，海冰出生的秘密很可能藏在已经去世的前教堂主事——王保罗神父的坟墓里。

刘芸找到了刘约翰神父，提出了请求："刘约翰神父，很抱歉，我们在地下仓库里没有找到有价值的线索，但我打听到好像有一份重要的文件是放在了王保罗神父的墓里，我们想到墓里找一找。”

神父：“你们的意思是要打开保罗神父的墓穴？”

刘芸：“是的，很抱歉！”

神父的态度非常坚决，“那不可能，尊敬的王保罗神父的墓穴是不能被打扰的。”

刘芸依旧坚持，“但我们要找的这份文件非常重要，它关系到很多人的健康和幸福。”

神父使劲地摇头，“无论如何都没有可能，对不起！”

说完，神父带着怒气扭头走了。

看着神父走远，刘芸喊了一声：“神父！”

神父没有理她。

刘芸又喊了一声：“神父！教会的宗旨难道不是为了拯救普罗大众吗？”

神父还是没有理她，继续往前走。

刘芸再次大声地喊道：“神父！我们可以赞助你们重新翻建教堂和孤儿院以及王保罗神父的坟墓！”

神父站住了，慢慢转过头。

火箭发射场，一枚巨大的火箭矗立在发射架上。

指挥中心里，黎刚发布指令：发射！

大厅里响起倒计时的报数：“10，9，8，7，6，5，4，3，2，1！”

“点火！”

大载荷的固体火箭带着撞击器发射了，很快火箭成功和飞行器剥离，飞行器脱离地球引力很顺利。

指挥中心里，司马西、海冰、罗蕾、张翔和岳雯等人密切监测着飞船和小行星的动态。

看着大屏幕上抓捕器顺利地进入预设轨道向“银漂”飞去，大家都松了一口气，海冰和岳雯对视了一下，很克制地交流了一下喜悦，眼神立刻就分开了。

海冰刚刚打开手机，电话就响了，是刘芸打来的：“你总算开机了，有件特别重要的事要告诉你。”

海冰：“哦，什么事？”

刘芸：“我在磨西教堂找到你母亲的消息了！”

海冰激动地站起来不小心推倒了身边的椅子，声音几乎是颤抖地问道：“刘博士，请你再说一遍！”

刘芸用比较慢的语速重复了一遍：“我在磨西教堂找到你母亲的消息了！”

马如思在超级计算机上又计算了一遍，再次验证了第一次的结论，两次验证，同样的结果，让他最终确定李耀辉在冒极大的风险，因为这个结果告诉他，一旦水星被太阳推出来，稍有不慎就会越过金星，在金星和地球之间产生复杂的不规律运动，最终就有可能撞上地球。他计算了一下，这个概率不低于50%，这太可怕了！

他想了一下，把这个结果给李耀辉发了过去。

一会儿，李耀辉的回应来了:“马院士，你的计算只是概率，而我计算得非常精确，完全可以排除你所说的风险，反物质对太阳的轰击，将会由特殊的保护壳非常精准地送到光球层的目标位置点引爆，绝不会让水星的轨道越过金星！”

马如思问:“你用什么保护壳？”

李耀辉:“几百亿吨的铂金，应该够了吧？”

马如思:“你在开玩笑？地球上哪里有这么多的铂金可以用？而且这么大的重量怎么发到太空？”

李耀辉:“很快你就会知道，什么叫‘草船借箭’，超新星废墟给太阳带来危机，也送来反物质的保护壳——一颗金族小行星。”

马如思:“请你把这个‘保护壳’的资料发给我，我很难相信，难道你想要什么，宇宙就给你准备什么吗？”

李耀辉:“是的，宇宙都在帮助人类文明，资料我可以发给你，但你一定要保密，这颗小行星太容易被心怀叵测的人觊觎。”

海冰驾驶着飞行汽车飞过大渡河，飞到了磨西镇教堂，然后一个非常迅猛的降落动作，落在了教堂前面的空地上，一下车就跑向等着他的刘芸。

刘芸告诉情绪激动的海冰:“我们在保罗神父的墓里，发现了和你有关的一封信。”

刘芸把信递给了海冰。

海冰几乎是颤抖着打开信，信纸已经很黄，字迹也已经褪色，但依然可辨。

“尊敬的磨西教堂管事：你们的慈善远近百里妇孺皆知，我是附近一个国家基地的工作人员，因为特殊工作的原因儿子不能带在身边，也不能告诉家人，只好恳求你们收留我还在襁褓中的儿子，这里附上我的全部工资，请收下，万分感谢！同时，希望您能永远替我保密！切切！

孩子的母亲拜上

另外，这个孩子生在海螺沟冰川，就叫海冰吧。”

海冰看完，头埋下去把信纸贴在脸上，整个人几乎凝固了。一会儿，眼圈发红的海冰抬起头对刘芸说：“谢谢你，刘博士，谢谢你！”

刘芸也很感慨：“这个基地一定非常重要，这封信的字里行间，都充满了一个母亲不得不放弃自己儿子的无奈、坚强和大义。”

“是啊，站在我妈妈的角度想一想，她为了国家事业，她不得不做出一个母亲最艰难、最痛苦的决定，”接着，海冰开始冷静下来对刘芸说，“没想到我居然是在基地里出生。”

刘芸：“是的，你不仅是在基地里出生，而且很可能是一个科学的产品，因为很可能是基地给予你基因变异的影响，搞清楚这件事的来龙去脉对我们的研究非常重要。”

“你的分析很有道理，所以，真的非常感谢你，让我找到了自己的渊源，你的执着、专业，都让我感动，在这一点上，我对于我们之间的那个奇葩协议也没那么反感了。”海冰发自肺腑地说。

刘芸听出了弦外之音，她看着海冰说：“我知道你肯定不满意我爸爸让你签的那个不近情理的婚姻协议。”

海冰：“既然是为了人类的梦想，我会履行协议，根据协议，我们将在‘银漂’抓回来之后，就正式领证。”

刘芸看着海冰：“我其实一开始并不知道，他们告知我之后，我也抱怨过我爸爸，拿我的感情做交易。其实我是奉行独身主义的，不是你不优秀，而是我真正爱的那个人丢了，所以，我不介意做一部冰冷的删除情感程序的科学机器，但是，和你的婚姻能够圆我拯救苍生的梦想，我可以妥协。”

海冰：“这么说，其实，你和我一样，为了各自的人生理想，妥协情感。”

刘芸：“谢谢你的理解。”

两个为了梦想而让感情降维的年轻人，通过眼神读懂了对方。

天文台研究室，多块悬浮屏幕上显示着太阳的耀斑模型，上面有磁力线、黑子，一些标注的耀斑形成和扩大的趋势点不停地闪烁。

师怀平对李耀辉说：“皮丹丹观测到最新的情况很不妙，超新星磁场矩阵不断增强，会更加猛烈地干扰太阳。现在的太阳耀斑模型已经显示，如果一直持续下去，大耀斑，甚至超级大耀斑的可能性已经越来越大了！”

“是的，如果超级大耀斑的形成达到峰值，那爆发的巨大能量对于地球是极其危险的，”说到这儿，李耀辉话锋一转继续说，“这也恰恰是我们希望看到的，只有这样，研制成功的反物质才会被允许用来轰击太阳。”

师怀平还是有点担心地问：“但是，如果反物质研制不顺利怎么办？”

李耀辉：“你记得那句名言吗？‘谋事在人成事在天’，我相信‘天’会帮助我们的！”

一股强大的太阳耀斑扫向地球，大量城市里的设施被攻击，很多信息和能源系统遭到破坏，有些地方地壳被耀斑里的中微子穿透加热之后，甚至诱发了海底火山的喷发，在沿海地区出现了海啸，很多灾民开车逃离灾难现场，电视台开始不断地播出各地的灾难新闻。

贡嘎山的主峰下面，伞状的太阳耀斑辐射采集器，也接收到了这次强大的太阳耀斑的能量，马上把这个的能量向地层深处的星核定向传导。

在观测室里，陆明紧紧地盯着星核的能量监测仪，上面显示太阳耀斑的能量持续了大约 30 秒钟，很快，星核就开始有反应了。监测仪显示，星核被强大的太阳能量深度激活，释放的磁场强度不断地增加。

陆明兴奋地向陈文静和崔星海报告:“陈教授的方法成了！星核接收到太阳耀斑的辐射冲击，能量增大了将近一倍，现在的磁场输出强度达到了前所未有的峰值！”

陈文静看着仪器上显示的星核磁场的数据，激动地对崔星海说:“太好了！终于有希望了！我调整一下方案，马上开始新的实验！”

崔星海也十分激动，“好啊！我立刻给基地所有人做总动员，一鼓作气，一定争取成功！”

陈文静起身去准备实验，就在站起来的瞬间，她感觉身体极度虚弱，晕倒了，陆明赶紧上前，原来以为还像上次那样她很快会醒来，但几分钟以后，陈文静依然昏迷，崔星海见状立刻去喊基地的王医生。

海冰和刘芸站在海螺沟冰川的末端，看着这条灰蒙蒙的、亚洲海拔最低的冰川。

刘芸有点困惑地问海冰:“我的印象中冰川都是白色的，为什么这条冰川是灰色的呢？”

海冰:“这是因为海螺沟冰川受到印度洋和太平洋两股暖湿气流的共同影响，冰雪的供给非常丰富，运动的速度特别快，号称山体粉碎机，把途经山体的石头都剐蹭下来了，所以，这条冰川表面看起来就像是一条石河。”

刘芸幽默地说:“哦，原来是这样啊！很像比萨饼！双层的！”

海冰笑了:“你这个西餐的比喻很形象，如果用中餐比喻，就是‘盖浇饭’。”

刘芸笑了一下很认同地说:“还是中餐的比喻更贴切，”然后继续说，“我调查的时候，据一个教堂老员工回忆，当时你妈妈和一条大蟒一起从冰川地下河口出来，正好一个嬷嬷经过那儿，把你接到教堂了。看来，这条‘盖浇饭’冰川的地下河就通向孕育你强大功能的八卦炉！”

海冰:“不知为什么，在这里我有一种奇怪的归属感，似乎感觉到我的摇篮在召唤我。”

两人正在对话的时候，突然，一条大蟒出现在地下河口。

刘芸惊异地喊道:“海冰你看，大蟒！”

海冰:“传说中的大蟒居然出现了！”

海冰似乎对大蟒也有一种莫名的亲切感，有一种只有生物的深层电流感应才能感受到的细腻情感，他情不自禁地慢慢走向大蟒，而大蟒似乎在等他，眼神变得十分温柔，海冰走到大蟒的身边，大蟒开始用头轻轻地蹭海冰的腿。

海冰对刘芸说:“它好像认识我。”

“对，它真的认识你，似乎闻出了你的味道，很可能你小时候和它在一起。”刘芸也很惊奇。

海冰:“你的意思是这条大蟒有 30 多岁了？”

刘芸:“蟒可以活 50 多年，而且它们的记忆力惊人。”刘芸是学生物的，对动物的生理习性有一定的了解。

大蟒蹭了海冰一会儿之后，看着海冰，海冰慢慢蹲下，伸手轻轻地抚摸它的头。突然，大蟒变得躁动，加大了蹭的力度，甚至拱了一下海冰的腿，然后开始向地下河深处游动。

海冰似乎猜到了大蟒的意图，对刘芸说："刘博士，它难道是想领我们通过地下河进入基地？"

刘芸惊呼："对呀，太神奇了，当年它把你妈妈送出来，现在它要领我们进去，30 年来，教堂没有你妈妈来找你的记录，说明你妈妈还在基地里，它要让你们母子团圆！"

"那我们就跟它进去找我妈妈！"海冰激动地喊道！

刘芸："它既然有带我们进去的意思，我们就跟着它吧。"

大蟒在前面游，他们在后面跟随。

大蟒选择的路径比他们想象得好走得多，地下河的河道居然很宽敞，人只要弯腰就能通过，而这里的水大约有 20 厘米深，走着走着，刘芸问海冰："冰川下面怎么会有河流呢？"

海冰环顾了一下对刘芸说："一般的冰川是没有地下河的，至少没有这么宽敞的地下河，但海螺沟冰川上面浮着一层厚厚的石头，这些石头相当于光电板吸收了大量的太阳热量，这些热量会穿透到冰川下面，就出现了地下河的融水。"

刘芸听海冰一说，不由得感慨："大自然太神奇了！"

地下河内部冷气森森，逐渐深入，地下河里的冰壁呈现出各种诡异的造型，很恐怖，通道也逐渐狭窄，氧气逐渐减少，呼吸都有些困难，但是大蟒还一直向前游。

刘芸对海冰说:“我怎么觉得有点缺氧。”

海冰也喘着气过去扶着刘芸说:“相信大蟒，我妈妈当年能从这儿出来，我们也一定能进去，坚持！”

就在两人觉得快坚持不住的时候，突然，前面传来响声，随着这个响声越来越大，眼前突然豁然开朗，居然出现了一个几百米高但非常纤细的水瀑布从天而降，响声就是它发出的。

两人顿时感觉氧气充足了，刘芸感慨道:“这水瀑布太壮观了！”

海冰:“这里一定是大冰瀑布的底下了，我听说过大冰瀑布的里面有水瀑布，这相当于一个通气管，所以这里会有足够的氧气。”

过了瀑布不远，前方出现了一个入口，这个入口通向基地。

海冰和刘芸顺着各种管道进入了基地内部，基地里的人惊呆了，警卫把他们带到崔星海面前。

崔星海非常疑惑地问:“你们是从哪儿进来的？”

海冰:“是一条大蟒蛇带我们从地下河进来的，我来找我的妈妈。”

崔星海一愣，问道:“大蟒蛇！找你妈妈？你妈妈是谁？”

海冰回答:“我从没有见过，也不知道叫什么，但我知道我是从基地里出去的，我叫海冰。”

崔星海愣了，这种事他从来没有听说过，但冷静地想了一下，就把基地的王医生叫了过来，王医生过来问海冰:“你叫什么？”

海冰："我叫海冰。"

王医生惊讶地看着海冰："你就是海冰？"

海冰："对呀。"

王医生激动地说："你离开这里的时候才几个月，30年了，你长这么大了！"

海冰也激动地对王医生说："是啊，我是刚刚才知道的，30年了，我非常想见我的妈妈！"

王医生突然面色变得非常沉重，对海冰说："来吧，我带你去见她。"

说完，王医生把海冰和刘芸带到陈文静的身边，陈文静依然脸色苍白地躺在病床上。

王医生指着陈文静对海冰说："这就是你妈妈，陈文静教授。"

海冰急切地问："我妈妈怎么啦？"

王医生悲伤地说："你妈妈是癌症晚期，加上过于操劳，导致晕倒休克，我们用最快的速度请来了全国最优秀的专家竭尽全力地救治，但是希望渺茫。"

站在旁边的一位专家表情沉痛地对海冰说："陈教授癌症全身转移，脏器整体衰竭，我们已经尽了全力，用了最好的药物，但是，"专家顿了一下摇摇头接着遗憾地说，"太晚了，无能为力了！"

专家说完，海冰一下子跪倒在陈文静的身边，握着陈文静的手，眼泪哗哗地流下来。他克制着内心极大的悲痛，轻声呼唤:“妈妈，你要挺住，儿子来看你了！”

但陈文静脸色苍白，一点反应都没有。

刘芸轻轻地走过去，俯身上前对海冰说:“马上给你妈妈输血！”

海冰愣了一下说:“输血！？”但很快就明白了，说:“好！”

王医生在旁边听到很不解，“输血？陈教授不缺血啊？”

刘芸对王医生说:“海冰的血有特殊活性，对遏制癌细胞和器官衰竭有奇效。”

众专家表示惊讶，但也只能看着刘芸操作。

王医生一边拿出针管递给刘芸，一边对专家们说:“我们没有别的选择了，试试吧！”

海冰撸起袖子抽血。

刘芸抽了200毫升的血，然后马上输给陈文静，输完之后，刘芸对王医生说:“我一直研究海冰的独特生理，可以确定海冰的血具有激活人体线粒体的强大功能，虽然癌细胞的清除需要一段时间，但脏器细胞的更新和恢复功能是很快的。”

天文台观测室，李耀辉和大家继续监测太阳耀斑模型，磁力线越来密，耀斑蓄积越来越多。

李耀辉查看了一会儿之后对大家说:“如果在超级大耀斑爆发之前，我们还没有研制出反物质，就向全世界发出终极警报。”

师怀平:“终极警报？”

李耀辉:“对，做好准备。”

高琪：“做什么准备？”

李耀辉：“重返石器时代！”

柴茵吓得张开大嘴感叹：“那地球真的就要完了？”

李耀辉意味深长地看着大家，“现在只能赌一下，中国的科学家是否在最后时刻制造出反物质！”

陈文静醒了，她看着眼前的海冰很恍惚，周围的专家都十分震惊地看到陈文静恢复了意识。

王医生轻轻地对陈文静说：“陈教授，你儿子来看你了。”

海冰看着陈文静，压抑着激动轻轻地叫了一声：“妈！”

陈文静惊讶得睁大眼睛，海冰又叫了一声：“妈！”

陈文静听见了，仍有点恍惚，她慢慢抓住海冰的胳膊，拉到自己的眼前，仔细地看着海冰。

陈文静努力地回忆，依然有些犹豫地问海冰：“你是海冰？”

海冰激动地点头：“我是海冰！”

陈文静努力欠起身，海冰赶紧扶住。陈文静紧紧地抓住眼前这个融合着她和李耀辉基因，叫她妈妈的人，终于确定这是自己的儿子。此刻陈文静泪如雨下，说：“孩子，妈妈对不起你！”

海冰热泪盈眶地看着陈文静，“妈妈，我理解你，你为了国家的事业忍辱负重，太不容易了！”

所有的专家都无法相信眼前的奇迹，王医生笑容满面地对陈文静说：“陈教授，是你儿子用他的血救了你。”

陈文静惊讶，“海冰的血救了我？”

王医生：“是的！”

接着王医生把刘芸拉到陈文静的面前继续说：“这是刘博士，就是她研究了海冰特殊的生理基因，为了搞清楚海冰的出生背景，找到了基地，是她提议用海冰的血救你。”

“海冰在基地里出生，基地的科研环境造就了他强大的基因，所以才能在关键时刻救了您，也可以说，是您这个神奇的母亲，创造了神奇的儿子。”刘芸给陈文静解释。

陈文静眼含热泪激动而又幽默地说：“没想到我不小心犯的一个纪律错误，却因祸得福，在基地里生出了一个神奇的儿子，救了我，也拯救了实验！”

太阳又一次爆发了大型耀斑，陆明把这次太阳耀斑的能量再次导入原始星核，仪器显示星核的能量输出再次达到峰值。

刚从死亡线上回来的陈文静重新调整了实验方案，再次启动实验，基地里仪器轰鸣，灯光闪烁，所有的数据都达到了前所未有的最高指标，基地里所有人的眼睛都无比期待地盯着仪器终端的磁场构成的反物质存储器。

突然，大冰瀑布所附着的巨大山体似乎晃动了一下，一股热气从厚厚的粒雪盆的冰雪中喷出，耀斑接收器也被掀到空中，几乎顷刻间，大冰瀑布开始融化，在一千米宽的冰雪墙上，形成了千百条大大小小的水流，接着这些水流汇成了比黄果树瀑布还壮观的真正的水瀑布。这是反物质的实验仪器在极限峰值运转时透射出的强大热能产生的奇异效果。

就在冰瀑布变成壮观的大水瀑布的同时，终于，粒子减速器实验终端的绿灯亮了！反物质被捕捉到了！

大家热烈地欢呼：“成功了！成功了！”

崔星海激动到几乎是嘶哑地喊着：“30 年了！我们终于成功了！”

人们相互拥抱，眼泪奔涌，有的人干脆激动地躺在地上翻滚，不停地手舞足蹈，30 年一直压抑的情感瞬间爆发！

电视台主持人向社会通告：“刚刚爆发的太阳耀斑，已经对人类很多的居住地和设施造成了极大的伤害，但根据天文台专家的最新预测，由于太阳受到超新星磁场的持续影响，正在形成史无前例的耀斑集簇，它们会随时引爆超级大耀斑，将会对地球造成更为严重的伤害，请各社会各界、政府部门以及公众，听从指挥部门统一安排，尽可能做好防范，减少损失！”

天文台，李耀辉的电话响了。

对方是国家科学技术委员会秘书长苏恒，他说：“李耀辉院士，我正式告知您，反物质实验成功了！”

李耀辉虽然有一定的心理准备，但依然激动得几乎哽咽，问：“你说反物质，是反物质实验成功了？”

苏恒：“是的！我们的科研人员经过 30 年的不懈努力，终于研制成功了！中央成立拯救地球委员会，委员会主任由总理亲自担任，聘任你为副主任，授权你使用反物质拯救地球！马上有专车接您。”

太空，载有撞击器的飞船躲在“银漂”的阴影中，以避免太阳风暴的干扰，逐渐追上了“银漂”。

指挥中心，黎刚、司马西、海冰、罗蕾、张翔和岳雯等人开始最后调整飞船轨道数据和撞击角度，大厅里回荡着各种参数的报告声。

飞船靠近小行星，和小行星保持同步。

张翔报告：“飞船姿态稳定。”

岳雯报告：“‘银漂’姿态稳定。”

海冰报告：“飞船隐藏得很好，已经躲过了5波太阳风的干扰。”

司马西报告：“黎总，所有撞击程序准备完毕！”

黎刚：“好，开始启动撞击！”

司马西答道：“是！”接着摁下了向飞船发送撞击指令的摁钮。

飞船接到指令之后，从前端打开了一个控制门，从控制门里伸出了一个坚硬的撞击锤头，这个锤头直径大约一米，是用最坚硬的合金制造，因为撞击的目标是金属，必须保证在产生强大的撞击力的情况下不会裂开或折断。

撞击器伸出撞击锤头以2万公里的时速冲向“银漂”！

随着撞击器准确地撞在“银漂”的目标点上，“银漂”微微震颤了一下，撞击点激起了一片碰撞的尘埃和碎屑。

隔了几分钟，尘埃和碎屑逐渐消散之后，岳雯报告："'银漂'已经减速，现在的飞行速度是 15.6 公里 / 秒，刚刚低于第三宇宙速度，它已经永远地留在了太阳系！"

司马西兴奋地说："好啊！下一步，我们要把它扛回来！"

黎刚也非常高兴地宣布："'银漂'抓捕计划第一阶段成功了！"

大家一起欢呼庆祝！

12

李耀辉在两名军人的陪同下，走进戒备森严的医院，亮明身份后，进入病房通道，一名军人出来迎接，对李耀辉说：“李院士，陈教授在等您。”

李耀辉跟着往里走，到了贵宾室门口，军人摁了一下摁钮，一个护士把门打开了。

李耀辉走进去，穿过最后一道门之后，看到陈文静躺在病床上，周围都是医疗设备，身旁还站着一个军人。

李耀辉看见了在病床上躺着的、30 年未见面的未婚妻陈文静，他激动但又小心翼翼地走过去，这几步，就是他们 30 年的青春，李耀辉一步一步地走到陈文静的床边。陈文静看到了李耀辉，迟疑了几秒钟，但很快就认出了他，但这个时候，他们顾不得相认和倾诉，因为他们之间有一个重要的交接仪式。

李耀辉站住，拿出一份文件，交给站在陈文静身边的一位佩戴中将军衔的军人，军人认真地看了一下，对李耀辉说：“请！”

李耀辉接着转向陈文静说：“我是李耀辉，拯救地球委员会副主任，受国家委托，前来接受反物质的密钥。”

陈文静拿出一个盒子，交给身旁的将军。

接着陈文静严肃地说：“李耀辉副主任，盒子里有反物质的密钥，请一定要保护好，反物质是宇宙中最强大的能量，可以拯救地球，也可以瞬间毁灭地球！”

李耀辉：“我知道它有多么重要，请放心，我一定会保护和使用好，圆满完成拯救地球的使命！”

陈文静示意将军把这个盒子递给李耀辉。

交接完毕，李耀辉激动地握住陈文静的手，陈文静也同样激动地说：“耀辉，30 年了，我们终于又见面了！”

李耀辉：“30 年了！文静，你终于制造出了金箍棒！我们付出什么代价都值了！”

陈文静：“被逼到了绝境，我没想到是你用太阳耀斑提醒我背水一战，启发我利用太阳的能量完成了最后的实验！”

“反物质是要消除太阳耀斑拯救地球，但那只是搂草打兔子，我们最重要的目的，是要实现 30 年前我曾经向你承诺的梦想！”李耀辉压低了声音说。

“你说的是拯救金星，唤醒第二个地球？”陈文静激动地看着李耀辉轻声地问。

李耀辉：“对！”

陈文静：“你的计算已经完美了？”

“理论上非常完美了！”李耀辉非常有把握地说。

陈文静激动地流出泪来，“我们当年憧憬的超级梦想居然要实现了！”

李耀辉：“是的，这就是我们30年分离得到的最高奖赏！”

“太不可思议了，我们居然可以改变太阳系，让一颗炼狱星球变成第二个地球，不过，我要告诉你，我们还得到了一个特别的礼物。”陈文静擦掉眼泪露出一种特别幸福的表情对李耀辉说。

李耀辉有点惊讶，“什么礼物？”

陈文静：“我们有一个儿子，幸亏他到基地里救了我，才让我能够完成实验。”

李耀辉蒙了，“你说我们有个儿子，而且还救了你？”

一辆红旗车行驶在路上，李耀辉坐在车上，脑子里还在回忆和陈文静最后的对话。

陈文静：“他在基地里出生，由于受到减速器的辐射影响，基因发生了变异，变得特别强大，他的血可以遏制癌细胞，并且能激活人体器官的活力，就在我晕死过去的时候，他给我输血，把我救了，我才能重新站起来完成实验。”

李耀辉惊讶得差点叫起来，“啊！没想到我居然还有个这么神奇的儿子。”他尽量压抑着激动问，“他在哪儿？叫什么名字？”

陈文静：“他在天梦航天公司，叫海冰。”

李耀辉惊呼，“海冰？天梦航天公司？”

陈文静没想到李耀辉的反应这么大，“对，你知道他？但是我没有来得及告诉他，你是他的亲生父亲。”

李耀辉怀着深深的喜悦和歉疚想着自己的儿子，但是，肩上的使命不容他多想。就在他思绪翻覆的时候，红旗车停在了天梦公司的门口，黎刚和安岩已经在大门口等候。

李耀辉迅速调整好状态，走到黎刚面前非常严肃地说：“黎总，有一个非常紧急的情况通知你，并且需要马上制定实施方案。”

黎刚做了一个请的手势说：“请到会议室去详谈吧。”

李耀辉跟着黎刚和安岩走进了会议室，李耀辉对黎刚说：“抱歉，这件事暂时只能你一个人听。”

黎刚点点头对安岩做了一个关门离开的手势，安岩很礼貌地把门带上出去了。

李耀辉看到门关上，立刻对黎刚说：“从目前对太阳状况的观测来看，这次危机非常严重。”

黎刚：“严重到什么程度？”

李耀辉：“超新星废墟的磁力陷阱已经在太阳上酝酿了巨型风暴，超级耀斑不可避免，地球毁灭已经进入了倒计时，人类必须拯救地球！”

“啊！这么严重？那需要我们做什么？”听到李耀辉如此权威的解释，黎刚瞬间变得非常紧张。

李耀辉：“国家已经成立拯救地球委员会，总理是主任，我是副主任，你被聘为拯救地球委员会委员。”

跟着李耀辉进来的军人拿出一份文件递给黎刚，是给黎刚的聘书。

黎刚接过聘书之后，李耀辉接着说：“现在只有一个办法，这就是用超级能量去轰击太阳，让太阳产生巨大的冲击波去瓦解超新星的磁场陷阱，消除超级大耀斑，拯救地球！”

黎刚：“可哪里有这种超级能量？”

李耀辉：“这个超级能量就是反物质，中国的科学家用了 30 年的时间终于研制成功了！”

黎刚惊讶地叫出声来，“啊！这是真的吗？”

李耀辉：“我刚刚拿到了反物质的密钥。”

黎刚激动极了，“这简直太了不起了！中国人居然能领先于世界，把宇宙最强大的能量制造出来！”

“是的，这是非常伟大的成就！现在国家已经授权我们用反物质轰击太阳，拯救地球！但是，”李耀辉顿了一下，看着黎刚惊讶又激动的表情继续说，“太阳表面的温度接近 6000℃，我们经过计算，只有你们的‘银漂’，可以用作反物质的抗高温保护壳，抵近太阳表面爆炸，让太阳产生足够强大的冲击波。所以，非常感谢你们留住了‘银漂’，现在需要你把反物质安放到‘银漂’上，再把‘银漂’推送到太阳表面的光球层。”

黎刚兴奋的表情凝固了，他没想到找他是为了这个，黎刚顿了一下对李耀辉说：“这，我要和投资人商量一下，如果改变‘银漂’的用途，那我们的损失太大了，而且如果我们把‘银漂’

运回来这将是我们让中国真正扬眉吐气的机会！”

“但是，如果地球都回到石器时代，一切还有什么意义吗？”李耀辉反问，然后又接着说，“而且，如果我们拯救了地球，这个丰功伟绩让中国在世界获得的巨大影响力，要远超一座金山的价值！”

黎刚：“我理解，但是，我们的投资人估计一时很难理解，我需要马上跟他商量。”

李耀辉身边的人对黎刚说：“虽然‘银漂’的牺牲对于贵公司和投资人是巨大的损失，但为了拯救人类文明值得，因为中国也是人类文明的一部分，而且你们的前期投资国家会全额补偿。”

一架小型商务私人飞机正在飞行，飞机上的刘炫正在和黎刚通话。

刘炫：“你的意思是国家要征用我们的‘银漂’去拯救地球？”

黎刚：“是的，不过是有补偿的。”

刘炫：“但是这点补偿和这颗即将到手的大金疙瘩相比，简直是九牛一毛！我们的损失太大了，那可是全世界财富的总和啊！这是我们民营企业代表中国崛起的最好机遇，请原谅我不同意！”

突然飞机被太阳风暴击中，机尾冒出了浓烟，飞机坠落。

刘炫的飞机惊险迫降在野外的一座山坡上，刘炫在秘书的拖拽下满脸是血地爬出来，他惊魂未定就给黎刚打电话:“黎总，我们的飞机刚刚遭遇太阳风暴的袭击出事了，正在救援。生命高于一切，地球没了就什么都没了，因此我改变主意了，同意用我们的‘银漂’拯救地球！但是，我不接受国家给我们的补偿！”

“为什么？”黎刚很不理解地问道。

“因为我不能终止我们之间的合同，虽然我非常看好这个投资，但已经做好了风险预期，国家征用‘银漂’的损失是我们必须承担的一个风险。”刘炫一边擦血一边解释。

黎刚:“我明白了，你更看重的是要海冰继续遵守协议，你实际上是花了300亿买下了海冰的生育权！”

刘炫在秘书的协助下，终于暂时止住了血，他捂着伤口继续说:“对！而且，在某种意义上，这是真正核心的利益，同时我们公司有机会为拯救地球做贡献，也将是我们巨大的荣耀！”

马如思被几个科学家围着，他们希望制止李耀辉的疯狂行为。

专家甲对大家说:“现在李院士已经有了尚方宝剑，可以为所欲为了！”

专家乙:“李院士运气太好了，夸克星帮了他的大忙，让他可以名正言顺地用反物质去轰击太阳，实现他的疯狂计划！”

专家丁:“马院士，你一直在做后果论证，这个危险性你是最清楚的，你一定要阻止啊！”

马如思:“可是他现在以拯救地球为理由，我们根本无法阻止。”

专家甲:“难道你就看着太阳系和地球毁在我们这个时代？”

马如思:“我当然不会允许！我会想办法说服他只拯救地球，而不要制造第二个地球！”

专家丙:“你怎么阻止？反物质的轰击权掌握在他的手里，他是一个不计后果的人，不可能退让！”

马如思安抚大家:“请你们放心，我一定去想办法阻止！”

说完，马如思转身走了。

黎刚办公室，海冰推门走进来。黎刚指着李耀辉对他说:“海冰，这是天文台的李院士，也是拯救地球委员会的副主任，他找你有事。”

海冰看着李耀辉问:“李院士，请问您找我什么事？”

李耀辉压抑着内心的激动，走到海冰的面前，仔细打量了一下，然后说:“黎总和你说了小行星改变用途的事了吗？”

海冰回答:“说了，这件事我们坚决配合！”

李耀辉:“很好，另外，有件事我要请你原谅。”

“原谅什么？”海冰很奇怪地问。

“原谅我让岳雯欺骗了你。”李耀辉很歉疚地答道。

海冰十分惊讶，“您让岳雯欺骗了我？这是怎么回事？”

李耀辉:“因为岳雯和你分手的决定是我要求的。”

海冰瞪大眼睛问道：啊！是您要求的？这是怎么回事？

李耀辉:“是这样——”

一个月前，岳雯敲开李院士办公室的门。

李耀辉对进来的岳雯说:“岳雯，你坐下，有事情问你。”

岳雯坐到李耀辉对面的一把椅子上，李耀辉问道:“听说你发现了一座太空‘金山’，起名叫‘银漂’？”

岳雯有点吃惊，“您怎么知道？”

李耀辉笑了，“有人给我当了卧底啊。”

岳雯纳闷地问:“谁？”

李耀辉:“周亮，你让他帮你删的记录，其中有些数据非常特别，他以一个天文人的敏感发现并报告给了他们的室主任，室主任给我发过来了。”

岳雯尴尬地笑了，“嗨，这个师哥，真是不仗义，把我的私活儿给暴露了。”

李耀辉:“不，这不算私活儿，任何天文发现都是天文工作者的义务和责任，要感谢周亮，是他让我知道你的重要发现。你知道吗，这颗小行星是有史以来人类发现的非常重要的一颗，你立了大功！”

“是我的运气太好了，它是闯入太阳系的超级财富，中国要是得到它，就能赢得世界，所以我男朋友的航天公司原本想把它抓回来。”岳雯很激动地说。

“你男朋友在航天公司？叫什么，在哪个航天公司？”李耀辉问道。

岳雯:“在天梦公司，他叫海冰，就是帮我找回丢失卫星数据的那个航天工程师。”

李耀辉:“哦，你男朋友非常优秀啊，天梦公司准备做这样一个大天文工程吗？”

岳雯:“是的，这个抓捕方案就是他设计的，但现在工程取消了。”

李耀辉:“为什么？”

“投资的问题，由于太阳危机，这个工程的风险很大，没有人敢投资，最后好不容易来了一个投资人愿意投，但却提出了一个特别不合理的要求。”岳雯略带遗憾地说。

李耀辉:“什么要求？”

“他们居然要我的男朋友海冰和他们董事长的女儿结婚。”岳雯一下子变得很愤怒。

李耀辉很惊讶，“啊！这可是奇闻！难道投资几百亿就是为了抢你的男朋友？”

岳雯:“是的，因为海冰有特殊基因，可以研发出特效药治疗癌症，而给我们投资的集团恰恰是一个对海冰特别感兴趣的医药集团，虽然他们已经和海冰合作了，但还希望海冰的基因可以在他们的家族里遗传，获得更永久的利益。”

李耀辉站起来走了几步对岳雯说:“荒唐，资本对利益的追求居然如此不择手段！”

岳雯继续愤怒地说:“所以，我要让他们明白，人和人的感情，是资本换不来的！”

李耀辉："难道找不到别的投资人了吗？"

岳雯："确实很难找，都因为太阳的不稳定不敢投资，目前只有这一家愿意合作，但代价就是我们不能接受的商业联姻。"

李耀辉低着头又在屋子里走了几步，然后突然转身语气凝重地对岳雯说："'银漂'是一个伟大的天文发现，并且更可能因为'银漂'被捕获而成为人类史无前例的天文工程，你作为发现人，将会名垂青史，你真的愿意放弃吗？"

岳雯无比坚定地回答："可以放弃，用一句网络的流行语可以形容我和海冰的爱情——我们的相爱是上辈子拯救地球得到的奖励，太难得了！"

李耀辉使劲点头，"我理解！非常理解！岳雯，我绝对支持你，爱情是神圣的，不应该被物质胁迫，但是，我说但是，"李耀辉突然停下来用很严肃的目光看着岳雯说，"岳雯，如果真的如你所说为了拯救地球，用你们的爱情去换，你是否愿意？"

岳雯被问蒙了，下意识地反问："这怎么可能？"

李耀辉把自己的椅子搬到岳雯的面前坐下，对岳雯说："岳雯，我必须告诉你实情，现在超新星的夸克磁场陷阱已经严重扰乱了太阳，很可能会造成超级大耀斑，地球将会遭遇巨大的灾难，严重到什么程度呢？"说到这，李耀辉停了一下继续说，"我用一个一点也不过分的词来形容，万劫不复！"

岳雯惊恐地瞪大了眼睛看着李耀辉，简直无法相信他说的话，问道："啊！那人类怎么办啊？！"

李耀辉看着岳雯继续说："人类不会坐以待毙，我们必须用一种超级能量去轰击太阳消除危机！”

岳雯被这个新概念惊呆了，问道：“什么超级能量？”

李耀辉：“反物质！30年来，国家一直在研制反物质，很可能近期会成功，只有用它去轰击太阳，让太阳产生强大的冲击波，才能纾解超新星废墟的磁场陷阱，拯救地球。”

岳雯：“那太好了，但是这个超级能量和‘银漂’有什么关系呢？”

李耀辉：“你发现的金族小行星，也就是‘银漂’，具有比一般岩石小行星更高的熔点，只有它，才能将反物质送到最有效轰击太阳的目标靶点，所以，为了拯救地球，一定要把‘银漂’留下来！”

岳雯听了李耀辉的话，一下子有点不知所措，没想到自己的爱情真和拯救地球的事扯上了。

李耀辉看着内心极为矛盾的岳雯，站起来向后退了一步，继续说：“岳雯，为了拯救地球，你必须忍受巨大的委屈、做出巨大的牺牲，我代表我以及地球上的所有生灵，感谢你！”

说完，李耀辉向岳雯鞠了一躬。

岳雯赶紧上前扶住李耀辉，忍住眼泪，说：“我愿意，我愿意为拯救地球做这个牺牲！”

李耀辉：“谢谢你，岳雯，但是这件事还要保密，不要对任何人说，否则投资方可能撤回投资。另外，我还要把你派到天梦公司，作为技术代表帮助他们留住这颗可以拯救地球的小行星。”

李耀辉对海冰说:“这就是事情的真相。”

海冰恍然大悟地说:“噢，是为了拯救地球这样的大事！我误解岳雯了，她受的委屈太大了！她还不能跟我说实话，还要拒绝我，她得有多煎熬啊！”

李耀辉:“是的，其实，你们的分开，我也非常遗憾，特别是当我知道了，”李耀辉顿了一下突然眼神变得无比慈爱，“你是我的儿子之后，就更加遗憾了。”

海冰以为是自己听错了，他愣愣地看着李耀辉，嘴唇嗫嚅地问道:“您刚才说什么？我，我是您的儿子？”

李耀辉眼里流露出一种只有父亲才有的情感,“是的，海冰，我是你爸爸！”

海冰完全蒙了。

李耀辉拨通了一个电话，对着话筒说:“文静，请你告诉海冰吧。”接着把手机递给海冰说:“接吧，妈妈的电话。”

海冰接起电话，那头传来陈文静的声音:“海冰，在基地里，因为时间太紧张，我没来得及告诉你爸爸是谁，他就是国家天文台的李耀辉院士。”

海冰:“啊！李院士真是我爸爸？”

陈文静:“对，他就是你爸爸！货真价实的爸爸！”

海冰拿着电话，傻傻呆呆地看着李耀辉，李耀辉亲切地看着海冰，海冰懵懂地喊了声:“爸爸！”

李耀辉上前一步紧紧地把海冰抱住，黎刚也看湿了眼眶。

一会儿，李耀辉慢慢放开海冰说：“我了不起的儿子，谢谢你关键时刻救了你妈妈，也拯救了反物质的实验，让我们有可能拯救地球！”

接着李耀辉对黎刚说：“谢谢你黎总，海冰能在你的领导下工作，是极大的荣幸！”

黎刚笑了：“不，李院士，我能有您儿子海冰这么出色的人才，是我的荣幸！”

海冰泪中带笑地说：“我的一生虽然孤独，但却碰到了最好的老板，而且在最重要的时刻和爸爸妈妈一起拯救地球，我太激动了！”

李耀辉拍着海冰的肩膀说：“虽然你的人生经历了那么多的波折，但海冰，你是宇宙对我们的恩赐，也是拯救地球的关键！”

海冰：“爸爸，拯救地球需要我做什么，我就做什么！”

李耀辉转向黎刚，“请黎总介绍任务的内容吧。”

“好的，李院士。”接着黎刚对海冰说：“海冰，下一步天梦公司的任务是，在‘银漂’上安装反物质舱，用你强大的生理条件和优秀的航天技术，和其他三位宇航员一起护送它飞向太阳！”

海冰立正洪亮地回答：“是！坚决完成任务！”

13

由于太阳耀斑爆发，强大的辐射不仅摧毁了大量空中和地面的电子设施，而且击穿了地壳，引发了更多的火山、地震和海啸。

到处都是受灾的混乱和逃难的难民。

国家通过电视台和各种信息平台颁布紧急灾难动员令，要求所有人听从指挥，不要慌乱，安全有序地撤离灾难现场。

马如思步履沉重地推开家门，走到客厅的柜子旁，拿出一瓶酒和一个酒杯，打开瓶盖往杯子里倒了一杯，一边端着杯子喝一边在客厅里踱步，走了好几圈，然后坐到电脑旁，打开AI搜索，输入："如何制止人类用反物质轰击太阳？"

一会儿AI搜索回答："用反物质轰击太阳是为了拯救地球，为什么要阻止？"

马如思继续问道："我是天体地质学家，通过超级计算机了解到，如果用反物质轰击太阳，很可能会导致水星脱离轨道，撞向地球。"

AI 搜索:“这个问题太复杂了，我还不清楚，如果有这种可能，那人类还是要谨慎。”

马如思继续问:“如果有人执意要做这件事，怎么办？”

AI 搜索:“如果危险系数超过阈值，那就应该阻止。”

马如思:“现在危险系数已经超过阈值，怎样阻止？”

AI 搜索:“你说的反物质将如何运载？”

马如思:“通过飞船。”

AI 搜索想了一分钟才终于回答:“如果你想拦阻飞船，一般人都做不到，但是，或许有一个非政府组织可以帮你。”

马如思接着问:“什么组织？”

AI 搜索:“骷髅党！他们是隐形的强大组织，正在企图渗透进很多西方的政界和企业，最终他们想统治世界，如果让他们夺取反物质，你说的轰击太阳的危险就可以避免了。”

马如思:“如果这个组织统治了世界会怎样？”

AI 搜索:“那将是非常黑暗、邪恶的，但是，比起你说的地球毁灭，这似乎依然是一个退而求其次的选择。”

马如思再问:“哪里可以联系到这个组织？”

AI 搜索:“他们很神秘，一般人找不到他们。”

马如思接着问:“如果我一定要找到他们怎么办？”

AI 搜索想了一会儿回答:“那你可以去玩他们的游戏，打到最高一级，或许就能找到他们。”

马如思:“什么游戏？”

AI 搜索:“骷髅世界，迄今为止还没有人能打到最高一级。”

火箭发射场，全部戒严，几架最新型的直升机以及几十架不同型号的无人机在不同高度的空域盘旋，一个车队在几百名戴着智能钢盔的特警的严密护送下开进发射场，一个将军指挥着工作人员把反物质弹仓从一辆特制的车上转移到飞船里，转移的过程非常谨慎，转移完成后，火箭进入发射状态。

电视台主持人报道："面对太阳危机给人类带来的前所未有的灾难，中国已经准备好拯救地球！这个伟大的任务，将由天梦民营航天公司去执行，他们将发射携带反物质的飞船去轰击太阳，瓦解超新星废墟的夸克磁场陷阱，消除太阳的危机，现在，我们英雄的航天人正在准备整装待发。"

马如思来到超级计算机的机房，进入"骷髅世界"这个游戏，因为这个游戏难度太高了，他自己打了几十次，都以失败告终，于是只能动用超级计算机。即便是超级计算机，也屡屡受阻，但马如思不断调整计算机的参数，加强运算力，最后终于打到了最高一级。

当游戏的画面出现一个骷髅神统治着他的血腥世界的时候，马如思问道："我可以和你说话了吗？"

骷髅神挥动了一下骷髅权杖，然后喷出了一口血，用英语回答："你是全世界第一个在游戏里见到我的人，一定非常有智慧，你有这个权利。"

马如思也用英语说："我不希望你们统治世界，但是，我希望你们去阻止有人毁灭地球。"

骷髅神："你的话很有意思，请继续。"

马如思："你们的邪恶我不喜欢，但是如果有比邪恶更糟糕的事情发生，我只能选择你们。"

骷髅神又喷了一口血说道："我们不是邪恶，是惩罚，人类大部分都是这个星球的寄生虫，所以我们要惩罚人类中的垃圾，现在太阳已经在帮助我们毁灭人类的寄生虫了，相信我们骷髅党会有强大的力量重建一个没有寄生虫的世界。"

马如思："我不管你们要重建什么世界，我只希望你们能拦阻反物质，我下面会给你们发一组数据，你们收到以后，就知道该做什么了。"

说完，马如思给骷髅神发去了一组信息。

发完之后，马如思的脸上出现一种无奈的沮丧表情，他自言自语道："只能在坏和更坏之间做选择，毁灭人类的文明，总比毁灭地球要好一些。"

火箭发射场，李耀辉、黎刚等人去给执行运送反物质任务的宇航员送行，他们是海冰、罗蕾、王腾和刘志航一共四人。

黎刚对宇航员们说："你们是天梦公司的宇航员，也是天梦公司的骄傲！你们将代表天梦公司、代表中国，更代表人类去执行拯救地球的任务，你们每一个人都将被载入史册！"

大家回答："坚决完成任务，不辱使命！用生命保卫地球！"

就在宇航员要登船之前，突然，刘芸出现在了人群中，她走过来对海冰说："作为法律意义上的未婚妻来送你，不意外吧？"

海冰有点意外，言不由衷地回应："不，不意外。"

刘芸拿出一个小袋子，递给海冰说："太空凶险莫测，而且你被赋予重要的职责，很可能会成为关键时刻的顶梁柱，所以你拿着这个小袋子，如果遇到特别紧急的情况，可以服下里面的药片，或许能够帮你渡过难关。"

海冰接过来诧异地问道："什么药片？有这么神奇？"

刘芸："它可以在危机时刻让你暂时脱水，最大限度地保护你的脏器，就像水熊虫，等危机过去之后，只要大量喝水，就能尽快地恢复原状。"

海冰："我知道了，就是瞬间变成腊肉。"

刘芸："嗯，差不多，这个药是我专门为你研制的，也只对你有用。"

海冰："谢谢你！"

刘芸："不用谢，我希望你强大的基因能够保护你安全回来，履行我们的婚姻协议！"

就在他们俩说话的时候，岳雯在人群里默默地看着，心中有一些酸楚，眼睛有一点酸涩，她慢慢把头转向别处。

突然，海冰朝着人群走过来，一直走到站在人群后面的岳雯的面前，岳雯有些迷惑地看着海冰。

海冰走到岳雯的身边，眼光炽热地看着岳雯，那光里有着深藏的感情和歉疚，海冰对岳雯说：“李院士，不，我爸爸把一切都告诉我了，你受委屈了！”

说完，海冰扭头走了回去，走到一半的时候，海冰又转头对岳雯说：“如果两个拯救地球的人都不能相爱，这个宇宙一定是有瑕疵的！”

岳雯心情复杂地看着海冰的背影，突然喊了一句：“没关系，这辈子我们拯救了地球，下辈子量子纠缠！”

就在宇航员们准备登船的时候，一个人疯了似的跑来，直奔李耀辉。这个人是马如思，他站在李耀辉的面前，直直地盯着李耀辉说：“李院士，我恳请你再认真考虑一下我的意见，轰击太阳绝对是非常危险的！”

李耀辉回答：“如果不轰击太阳，地球更危险！”

马如思：“那你轰击的力度能不能小一些，我计算过了，不需要在太阳的光球层爆炸，只要接近太阳引爆就可以了，那样也能消除夸克星的磁场陷阱，完全可以拯救地球，也不会改变太阳系，更不会让水星越出轨道！”

李耀辉：“制造第二个地球对人类的文明有极其伟大的意义，这件事我必须要做，而且，我已经计算得非常精确，老马，你的担心是多余的。”

马如思突然跪下了，李耀辉吓了一跳，马如思泪流满面言辞极为恳切地说：“老李，我请你手下留情，只消除危机，不改变太阳系，不要让水星毁灭地球，保留我们这个已经存在了 40 亿年的完美的恒星系统吧！”

李耀辉看着马如思，自己也半跪了下去，他对马如思说：“老马，我理解你的担心，但是人类文明必须突破，现在正是千载难逢的机会，这一步必须迈出去！”

马如思直视李耀辉，“如果你一定要这么做，我就要不惜一切代价阻止你！无论如何也要保住我们的地球！”

指挥大厅里，黎刚任航天总指挥，司马西、张翔以及其他几个工程师负责轨道计算，岳雯继续负责对小行星的监测。

载着反物质飞船的大型固体火箭，在倒计时声中成功发射。

这个超大的300吨载荷的火箭，在飞出大气层的时候，已经达到了第二宇宙速度，它们星夜兼程，要赶在太阳形成超级大耀斑之前，拯救地球。

马如思打开电脑，在骷髅世界的最高级页面，看到骷髅党的留言：“先生，我们一定会帮助您拦截反物质，您发给我们的数据非常重要，但是，还不完整，请把最后的核心数据发过来。”

马如思终于下决心发出了最后一组数据。

14

雷通公司，罗达在办公室的电脑上发现有一个合同订单很奇怪，被设定成最高保密级。

他去问乔治:“这个订单有什么特别吗？怎么我都不能看？”

乔治回答:“这个订单是客户要求的，必须只有董事会的常务董事才有资格接触，对其他人都屏蔽了。”

罗达:“那你知道吗？”

“我只是董事会列席董事，有些核心的业务我也不清楚。”乔治的表情有些为难地回答。

罗达明白了，对乔治说:“哦，那我就不问了。”

“你还是不知道的好，有些事情背景很复杂。”乔治意味深长地叮嘱罗达。

罗达下班来到董事会大楼的门口，看着表，一会儿，安妮从大门走出来，罗达马上迎上去热情地打招呼:“哈喽，安妮，下班啦？”

安妮有点意外，但也非常热情地回应:“哈喽，罗，能碰上你，太好了！你今天看起来很精神哦！”

罗达：“为了请你吃饭，才这么有精神。”

安妮似乎有点意外，笑着问：“请我吃饭？为什么？”

罗达：“为了报答你上次的帮忙，如果方便，想请你喝一杯，并且共进晚餐。”说完，罗达从怀里拿出一束红色的玫瑰，递给安妮。

安妮欣喜地看着玫瑰，接了过来说：“啊，那件小事不用挂在心上，不过很高兴收到你的玫瑰，真漂亮。我正想自己去吃晚餐，既然有你邀请，那就恭敬不如从命啦！”

飞船到达金星，它裹着的厚厚的云层，看起来有点像一个黄色的绒球。

根据计划，飞船要利用这个地球的邻居加速。

行星可以作为引力弹弓，具体的操作是飞船需要进入金星的轨道，然后旋转一圈借金星的轨道能量弹出，就像牧民把鞭子抡圆了借力甩石子一样。

海冰他们通过飞船的舷窗看着金星，做好加速之后重力增加的准备，因为他们将要经历人类乘坐的飞船达到的最快速度。

不过，他们此刻不知道，为他们加速的金星，这个 40 多亿年被高温折磨的地球的兄弟，在他们返回的时候，将会迎来新生！

罗达带着安妮来到最热闹的街区，挨着河边找了一家餐厅。

两人坐好后，罗达让安妮点喜欢的菜品，然后又点了一瓶好酒，两个人欣赏着河边的美景边吃边聊，特别是谈到很多共同的爱好，音乐、电影、歌剧等，聊得非常尽兴，渐渐地，安妮有些兴奋了。

这个餐厅有一个舞池，放着音乐，罗达邀请安妮说:“我们去跳一会儿吧。”

安妮带着些许醉意回答:“当然要跳，这么美好的夜晚，这么爽人的美酒，加上你这么好的舞伴，再不跳我的心脏就无处安放了！”

罗达温柔地扶着安妮走向舞池，伴着音乐跳了起来。

跳舞的时候，安妮带着醉意靠着罗达，不停地说:“今天我太高兴了，平时我的工作太单调，也没有社交圈，今天真的是高兴，谢谢你，罗！”

罗达也轻轻搂着安妮，对她说:“和你在一起我也很快乐。”

安妮陶醉在曼妙乐曲相伴的舞步中。

“哎，最近你们好像很忙？更应该放松一下。”罗达谨慎地挑起话头。

安妮很自然地回应:“是啊，我们最近签了一个大合同，公司挣了不少钱。”

罗达:“什么大合同啊，我怎么没听说？”

安妮:“哦，罗，对不起，这是特级保密的，我不能说，这个合同的利润简直大得惊人！”

罗达赶紧说:“当然，我也不应该问，不过，当利润超过一般的商业规则的时候，可能就会有一些灰色的交易了，这比较危险。”

安妮：“是吗？”

罗达：“很可能，算了，不说这个了，咱们继续跳舞。”

安妮：“对呀，咱们，咱们尽情地跳！”

安妮的舞步有些不稳，说话也有些不利索了。

罗达关心地问：“安妮，你好像有点醉了。”

安妮：“不，不，亲爱的，我，我没醉。”

安妮一边说一边更不稳了，罗达赶紧扶住她。

罗达：“你没醉，那你能告诉我你的生日吗？”

安妮：“当，当然记得，1988年9月4号，不，6号，不不，是8号，确定是8号。”

罗达：“哈哈，安妮，你还是醉了。”

“不，我没醉，我还知道我的生日就是我电脑密码呢。”

说完，安妮走向他们的餐桌，又喝了几口酒，然后就伏在桌子上，罗达再怎么叫她，也没有了反应。

罗达把喝得酩酊大醉的安妮送回家，罗达把安妮安顿好之后，给她倒了一杯水，但安妮已经没有知觉了。罗达看到她醉得很沉，叫了几声“安妮，安妮”，但安妮已经没有回应了。

罗达确信安妮真的醉了，就迅速打开她的电脑，输入了安妮的生日，找到了公司董事会的文件夹，发现了那份秘密合同，合同是和一个神秘的组织签订的，合同的内容是提供2艘宇宙飞船，并且要能够携带核弹，利润是一般合同的3倍。

罗达觉得这个合同非常可怕，提供飞船干吗要携带核弹呢？而且为什么有这么高的利润呢？

罗达可以肯定其中必有不可告人的大阴谋，他决定进一步了解这个秘密组织的计划。

指挥中心大厅，工作人员向黎刚报告：“总指挥，飞船抵达目标。”

指挥大厅的大屏幕上，已经可以清晰地看到“银漂”上的地貌，斑驳的色块区域和自身地质构造形成的山脉，交错在一起。

岳雯报告说：“我已经根据飞船近距离的勘测重新核实了坐标，目前找到的最佳位置是‘银漂’的中轴末端C区和F区，两边的地质成分很接近，密度相当，作用力可以达到平衡。”

黎刚给司马西下指令：“按照岳雯最新给出的数据，嵌入抓捕器！”

司马西：“是！”

海冰摁下抓捕器的释放按钮，1号抓捕器离开飞船向“银漂”飞去，接着罗蕾又摁下另一个按钮，2号抓捕器也离开飞船飞向“银漂”。

海冰和罗蕾各自操控着1号和2号抓捕器，先让抓捕器悬停在“银漂”附近，接着，海冰操作1号抓捕器用前端的激光钻在“银漂”的C区打出三个洞，然后伸出三个支撑架插进洞里，接着罗蕾控制2号抓捕器在相隔30米的F区同样操作，抓捕器也牢牢地嵌入“银漂”。

抓捕器嵌入之后，海冰和罗蕾各自下达太阳能光电板的打开指令，于是，在抓捕器的两侧，升起了两块巨大的薄如蝉翼的光电板，这种光电板不仅材质很薄，只要几十公斤就能展开几百平方米的面积，同时，它对太阳几乎所有的光谱都能进行能量转化，转化率达到 99% 以上。

指挥中心里，司马西向黎刚报告：“抓捕器安装完毕，应力测试正常，推进单元已经准备就绪，可以马上使用！”

黎刚对岳雯说：“岳雯，请你最后确定李院士要求轰击太阳光球层的位置和角度。”

岳雯：“我已经把李院士给的数据输进去了，非常精确。”

黎刚：“全体注意！按计划启动推进单元的左右舵功能，让‘银漂’向太阳推进！”

司马西：“是！”

飞船上，海冰和罗蕾立刻给抓捕器发出指令，充满太阳能动力的抓捕器的推进单元开始工作，释放出强大的推进力。

一段时间后，“银漂”开始向着太阳的方位缓缓转动。

由于太阳自身的强大引力，当“银漂”转向太阳的方向之后，推动力和太阳的引力形成合力，“银漂”逐渐加速向太阳飞去。

司马西又指令王腾：“飞船注意，反物质弹仓可以按原计划选择北极降落，那里有裂谷，适合隐蔽。”

王腾:“是。”

王腾操控着飞船，在“银漂”的北极上空盘绕了两圈之后，悬停在“银漂”的北极上空。

海冰、刘志航和罗蕾进入登陆舱。

王腾摁下释放登陆舱的开关，登陆舱和飞船分离，开始向“银漂”的表面降落。

“银漂”这个“多金”小行星到处呈现出金属的光泽，它的斑驳就是不同金族成分的混搭，登陆舱降落在“银漂”的以铂金为主要聚集区的裂谷里。

海冰、罗蕾和刘志航一出登陆舱，就被眼前的景象震撼了。

罗蕾极其兴奋地蹦起来感慨:“哎呀！我的眼睛都快被晃瞎了！咱们掉进金窟啦！”

刘志航也充满惊讶，“超新星给咱们送礼也太慷慨了，这么大、这么纯的一座金山啊！”

罗蕾:“简直是宇宙银行银河系分行的金库。”

海冰:“是太壮观了！如果地球上的财富总和可以用一件物品来代表的话，‘银漂’就是这个物品！”

感慨之后，海冰、罗蕾和刘志航走进裂谷查看地形，他们找到一处全是铂金分布的比较隐蔽的地方，开始用便携激光枪钻洞，激光的高温迅速融化了小行星的铂金岩层。

刘志航对海冰说:“咱们得藏得深点，要通过太阳表面的6000℃高温可不是闹着玩的。”

海冰回答:“唔，铂金的熔点是1700℃，比黄金高得多，有

3 米的厚度就足以让弹仓在太阳的表面穿越 5 分钟了。”

罗蕾一边捡拾激光打出的岩层碎块，一边感叹:“太奢侈了！我这个清洁工可发大财了！”

海冰一边钻孔一边调侃罗蕾:“是啊，你这个捡垃圾的清洁工干半个小时都可以敲钟上市了。”

激光上万度的高温，很快就在铂金的岩层钻出了一个大洞，钻好之后，海冰和刘志航从登陆舱里把反物质弹仓挪出来放进洞里，弹仓伸出三条长腿，在打出的洞里稳稳地支撑住了。

安装完，刘志航对海冰说:“只是可惜了这座金山要全部回炉了。”

海冰:“是啊，这是世界上最贵的陪葬品！”

罗蕾拿着手里的“铂金垃圾袋”感慨:“没想到一座几千亿吨的金山，只做了一个快递盒！”

刘志航:“难道你还想买椟还珠，把包装盒收回来？”

罗蕾贪婪地摇摇头:“要能收回来就好了！可惜啊，哪怕是能把这个盒子的边角料收回一点来，都能成为世界首富。”

罗达终于通过文件披露的信息，查到了这个神秘合同的甲方叫骷髅党，是一个非常邪恶的组织，它们已经通过资金和人脉，控制了西方很多的政府官员和财团。

那么这个组织到底想干什么呢？他们为什么要让雷通公司给提供飞船，甚至要在飞船里携带核弹呢？

罗达有一种可怕的预感，从时间点来看，似乎他们的这艘飞船和天梦公司发射的拯救地球的飞船有关系。

罗达通过智能搜索查找骷髅党的地址，但是智能搜索只能提供邮箱域名，线下地址没有查到。

于是，罗达通过一个叫死神的黑客查骷髅党总部的线下地址。

死神:“你要查什么？”

罗达:“查骷髅党的地址。”

死神沉寂了一会儿回答:“这个地址不在我的业务范围内。”

罗达:“难道还有死神不敢做的业务？”

死神沉默。

罗达:“看来也有你害怕的，说明这个骷髅党非常厉害，如果你帮我查到他们的地址，我愿意付3倍的报酬。”

死神继续沉默。

罗达:“5倍。”

死神仍然沉默。

罗达咬了一下后槽牙，在屏幕上打出:“10倍。”

死神回话了:“先付一半，10万欧元。”

大屏幕显示出太阳的洛希极限的位置，“银漂”已经离太阳很近了。由于太阳引力，“银漂”不断地加速，而飞船藏在“银漂”的暗影里跟着飞，他们需要护航“银漂”到最后可以安全撤离的距离。

黎刚问李耀辉:“李院士，现在‘银漂’的位置离太阳大约还有 500 万公里，是不是让飞船在 350 万公里处返回？”

李耀辉：“可以，‘银漂’是金属小行星，不容易被撕裂，如果在 300 万公里接近洛希极限的时候，‘银漂’还没有出现异常，那就意味着太阳的潮汐力就可能不会撕裂‘银漂’，剩下的航程飞船就不用为反物质护航了。”

黎刚马上下令：“通知飞船，在离太阳 350 万公里处返回。”

罗达根据死神提供的地址找到了骷髅党的总部，这里表面是一个游戏公司，这个游戏叫“骷髅世界”。罗达知道，这是一款比较火的游戏，非常血腥，有很多残暴杀戮的场面，而且过每一关的难度非常大，几乎没有人可以通关，这更激起了玩游戏的人的挑战心理。

罗达没想到一个游戏公司居然是世界上最大的邪恶组织。

这家游戏公司戒备森严，罗达决定化装成清洁工进去。

罗达穿一身保洁的工作服，推着一辆清洁车到门口，几个警卫拦住他，罗达出示了一张伪造的身份牌，其中两个警卫把罗达上下都搜了一遍，没有看出破绽，让罗达进去了。

罗达拿着清洁工具到处瞎比画，这个游戏公司的确有很多程序员在忙碌，各处也都贴满了游戏人物的造型，都很恐怖和血腥。

忽然有一个游戏运营区的工作人员对他说：“你赶紧到 02 号房间去打扫一下，那里的咖啡倒在地上了。”

罗达答应着，跟着这个人来到比较靠里面的 02 号房间。房间里坐着几个人，地上有一个已经破碎了的咖啡杯，杯子附近都是咖啡液体，罗达赶紧装作很熟练的清洁工去清理。就在快清理完的时候，他忽然看见一个熟悉的身影从他后面的走廊经过，罗达觉得这个人的侧影在哪里见过，他使劲地想，但是一时想不起来。于是，他赶紧带着垃圾悄悄地跟在这个人的后面，看着这个人进了电梯，电梯显示下行到地下 3 层，于是，罗达假装去打扫旁边的电梯，也跟着下去。

下面完全是另一种风格，穿过一条阴森森的走廊，突然就看到一个巨大的大厅，大厅的中央是一座骷髅神的雕塑，骷髅神的右手拿着一柄权杖，权杖上端是一个骷髅。骷髅神的四周，都是各种姿势的骷髅。

罗达看到似曾相识的那个人在骷髅神像的雕塑前面鞠了一躬，然后向后走去。

在“银漂”上，刘志航和罗蕾检查支架，海冰进入反物质弹仓检测磁场保护设备，在确定一切都完好之后，他们准备坐登陆器返回飞船。

就在他们刚刚要进入登陆舱的时候，罗蕾突然紧张地对海冰说：“海冰，好像有人！”

海冰调侃罗蕾：“你是不是有幻觉了，往往太安静的地方反而容易让大脑产生无边的联想，怎么可能有人，除了咱们，还能有谁，除非是外星人。”

罗蕾看着远处更加紧张地说：“真的有人！”

海冰向着罗蕾指的方向一转头，果然看到了几个人影，海冰以为自己花眼了，他晃晃头，再仔细地看，确实没看错，是几个穿着宇航服的人，而且拿着武器。

海冰惊愕地向飞船报告:“王腾，小行星上发现了人！”

王腾:“你们这是见了小行星的风景陶醉了，突发奇想啊！”

海冰:“不，真的有好几个穿宇航服的人，拿着武器朝我们走过来了！”

王腾这才紧张了,“真的有人？什么人？”

海冰:“还不知道，他们已经离我们很近了！”

骷髅党基地的地下大厅里，罗达悄悄地跟着这个人，看到他走过骷髅神的雕塑以后，走进大厅尽头的一个房间，那里有一个带着骷髅面具的骷髅党高级人员和他见面。这个时候，罗达终于看清了这个人的容貌，他想起来了，这个人就是他曾经见过的雷通董事会的副主席约翰。

约翰副主席对这个骷髅党的高层很客气，两个人坐下准备签署文件，罗达悄悄地从清洁车里拿出一瓶迷药，自己戴好防毒口罩，然后释放迷药烟雾，一会儿，那两个人都中招了。罗达立刻上去查看他们要签署的文件，一看他惊出一身冷汗，原来这份文件是太阳危机把地球文明毁灭之后，雷通公司在太空建造收容舱，供骷髅党的人和极少数的“盟友”使用。

罗达放下文件，用那个骷髅党高层的人进行指纹识别，打开了房间里的电脑，迅速地找到核心机密文件，在这份文件中，他看到了整个骷髅党的阴谋——“天蝎”计划。

原来，这个叫作骷髅党的邪恶组织想要控制全世界，他们需要巨额的财富和最强大的武器，而这两样东西恰巧都在太空，这就是“银漂”和反物质，现在，骷髅党已经派他们的飞船携带核弹准备抢夺反物质和“银漂”。如果成功了，那么骷髅党就会用反物质威胁世界，按照他们邪恶的意志统治人类；如果失败了，他们就用核弹消灭中国的宇航员，因为如果他们不能统治人类，就让太阳危机毁灭世界。无论是什么样的结果，他们都要毁灭世界，而当世界被毁灭之后，他们骷髅党的人就会进入太空的收容舱，成为人类最后的幸存者。

这个阴谋简直太可怕了，罗达想起自己的女儿罗蕾还在执行这次拯救地球的任务，更是不寒而栗。

就在罗达刚刚下载完这个秘密计划的时候，警报响了，骷髅党的人在监控里发现了罗达。

走廊里响起了很多人的脚步声，罗达情急之下，取下骷髅党人的面具，自己戴上，又换上衣服，然后冲出房间，迅速地离开。那些冲向房间的骷髅党人开始以为罗达是他们的高层，把他放过了，但是，很快他们就清醒过来，去追罗达。

经过一番搏斗，罗达终于逃了出来。

罗达扔掉面具拼命地跑，一群骷髅党人在后面疯狂地追，眼看就要被追上，罗达发现旁边有一辆没熄火的外卖摩托车，立刻骑了上去。罗达虽然是摩托发烧友，技术超棒，但是经过几番险象环生的折腾，还是没有甩掉骷髅党人追来的汽车和摩托。情急之下，罗达发现街边有一个中国飞行汽车的展示场地，一辆飞行汽车正在表演升空刚刚离开地面，罗达骑着摩托车一下就跃到飞行汽车的顶部，与此同时外卖包里的盒饭全部洒到地上，迟滞了一下追他的骷髅党人，罗达对驾驶员大喊："快飞，我是中国人，有坏人追我！"

驾驶员听到罗达的呼喊，同时看见了后面追来的人，立刻抬升飞行汽车，他一边升空一边问罗达："兄弟，摊上事了？去哪儿？"

罗达："拯救地球！去市警察总部！"

驾驶员驾驶着飞行汽车立刻飞向警察总部，边开边自言自语："拯救地球？这么大的事我救了你，可给我们飞行汽车长脸了！"

罗达骑在摩托车上努力保持着平衡，同时给乔治打电话，告诉他立刻去警察总部。

飞行汽车停在警察总部的门口。

乔治正好赶过来，看到罗达蓬头垢面，吃了一惊问："怎么啦？罗！"

罗达急切地对乔治说："乔治，那个和雷通公司签大合同的甲方是一个极端邪恶组织，他们要毁灭世界！"

乔治："你怎么知道？"

"我刚刚偷偷进入他们的总部，看到了他们的'天蝎'计划，然后逃了出来，"说着罗达把一个优盘递给乔治，"这上面有他们的全部阴谋！"

乔治："那我们马上通知董事会。"

罗达："不行，董事会里有他们的人，刚才我已经看见董事会的副主席约翰和他们的高层在一起，他很可能也加入了骷髅党，现在只能向警察总部报告。"

罗达和乔治跑进警察局。

飞船上，王腾焦急地向总部报告："'银漂'上出现不明人物。"

黎刚大惊，"他们是什么人？"

王腾："目前还不清楚，他们手持武器，正在威胁海冰他们，情况非常危急！"

黎刚："冷静，马上弄清楚他们是什么人、有什么目的。"

王腾："是！"

海冰看见朝他们走过来的人的宇航服上，有一个醒目的标志，这个标志上有一个骷髅。

突然，他们的对话器响起来了，一个声音用非常机械的音调对他们说："中国航天员，我们是骷髅党，是世界上最强大的隐形组织，也是未来世界的统治者，现在我们手里有强大的杀伤性武器。"说完，那个人就用他手里的武器，对着海冰身边的一个岩柱射出一道光，瞬间粗大的岩体被射出了一个大窟窿，铂金碎屑到处飞。

那个人接着说："如果你们配合，就不会受到伤害，我们只要得到这颗小行星和反物质。"

海冰用加密声道对刘志航和罗蕾说:“你们不要慌，我先了解一下情况。”接着海冰又用普通声道问对方:“你们要小行星是为了财富，要反物质做什么？”

那个人:“我们要统治世界，既需要控制世界的财富，也需要控制世界的超级武器。”

海冰:“但是太阳的超级耀斑马上就要毁灭地球，反物质是用来拯救地球的！”

那个人:“如果地球被毁灭，那也就摧毁了所有罪恶和行尸走肉，我们就可以按照骷髅神的伟大意志，重新启动地球！”

大批军警包围了骷髅党的总部，经过激烈的战斗，逮捕了他们很多的组织成员。

正在召开的议会，警察逮捕了很多和骷髅党有关系的议员。

雷通公司，警察把董事会副主席约翰抓走了。

警察局的官员接着向政府和议会报告:“已经查明，全世界很多国家的核心权力机构里，都有骷髅党的信徒，他们已经获得了很重要的国家资源，随时会瘫痪国家的秩序，并且很可能会利用获得的反物质威胁世界各国，推行他们的邪恶计划！”

于是，各国开始清理自己政府里的骷髅党信徒。

岳雯在飞船近距离发回的红外线扫描信息中，发现了这颗小行星有一个非常隐秘的内部贯穿断裂线，岳雯把这个断裂线放大，最终看到这个断裂线贯穿整个星体。岳雯大吃一惊，赶紧向李耀辉报告。

岳雯："李院，这颗小行星虽然基本上都是铂金和黄金，刚性比较好，但是近距离扫描发现，里面的黄金、铂金和钯金当中有间隙，很可能是因为不同的金族离太阳越来越近之后热系数升高导致膨胀，扩张了其中的裂隙。"

李耀辉很吃惊，"这很可怕啊！这个大裂隙穿过不同的金属层，相互之间的应力在越来越高的温度下，很可能无法抵抗洛希极限的潮汐力！"

岳雯："这是不是意味着，'银漂'在洛希极限会被撕裂？"

李耀辉非常忧心地回答："是的，有这样一条贯穿性大裂隙几乎无法避免！"

岳雯："如果'银漂'被撕裂很可能会导致反物质被损坏，甚至丢失，无法按原计划抵达太阳表面，怎么办？"

骷髅党领头的宇航员还在威胁海冰："把反物质的密钥给我们，如果不配合，我们就要对你的这位兄弟下手了！"

说着就把手中的武器对准了刘志航，接着一串火光贴着刘志航的头上掠过，后面的岩石被打得崩裂，铂金碎屑纷飞。

海冰连忙对他们说："不要着急！我们正在等授权，小行星到地球有近8分钟的通信时间。"

骷髅党宇航员："时间太长了，我们只能等你们一次回话，现在就是最后通牒！"

黎刚急匆匆地走来对李耀辉说:“李院士，刚才是骷髅党的最后通牒，他们要夺取反物质的密钥，如果不给，他们就要杀人，非常紧急，怎么办？”

李耀辉也非常焦急地说:“现在是祸不单行，岳雯发现小行星内部断层，很可能会在洛希极限处被撕裂，导致反物质弹仓被抛出去！”

黎刚急得直搓手，“天灾和人祸两个危机缠在一起，太棘手了！怎么办？怎么办？”

岳雯在一旁死死地盯着“银漂”上的那条裂隙，一边听着指挥中心弥漫的混乱，突然她冒出了一个想法，大声地对站在黎刚身边的李耀辉说:“李院，我们或许可以以毒攻毒！”

李耀辉很惊愕地看着岳雯，“什么？以毒攻毒？”

岳雯:“对！刚好可以利用太阳的洛希极限摆脱他们的纠缠。”

李耀辉理解了岳雯的思路，“你是说利用潮汐力的混乱？”

岳雯继续解释她的思路:“是的，潮汐力一旦开始撕裂小行星，肯定会有极大的震动和烟尘水雾，这很可能就是机会。我相信以海冰敏捷的身手，有这个能力抓住这个机会，解决破坏者，然后在撕裂后的‘银漂’碎块上，保护好反物质的安全。”

李耀辉眼睛瞬间一亮对黎刚说:“黎总，就按岳雯的主意办！”

黎刚也听明白了，非常激动地挥了一下手说:“好，置之死地而后生！”

“银漂”上，一个骷髅党的宇航员又把武器指向刘志航，同时向海冰发出最后通牒：“给你们的时间还剩最后3分钟，到时候不交出弹仓密码，你这位兄弟就要去见上帝了。”

王腾此刻接到司马西的指令：“指挥部研究得出结论，太阳的潮汐力很快就会撕裂小行星，小行星裂解之后肯定会出现烟尘混乱和星体震颤，这个时候让海冰他们寻找机会解决敌人！”

王腾：“是，我马上转达！”

海冰听王腾转达指示后回答：“明白！等待‘银漂’在洛希极限附近撕裂，我们乘乱见机行事！”

接着海冰把总部的这个计划用加密声道告诉刘志航和罗蕾，然后转头对骷髅党的人说：“我已经得到授权配合你们。”

听到海冰这么说，一个骷髅党的头儿和其他人商量了一下，然后对海冰说：“只要给我们反物质弹仓的密钥，不要花招，我们就不伤害你们。”

海冰：“好，你们跟我来吧。”

于是，他慢慢向弹仓挪动，拖延时间等待洛希极限，到了弹仓的门口，海冰做出准备打开门的样子。

骷髅党的宇航员紧紧地跟着海冰，看到海冰的速度有点慢，对方推搡他快点走。

随着“银漂”离太阳的洛希极限越来越近，整颗小行星开始微微震颤。

指挥中心大屏幕上，箭头标识出小行星马上就要到达洛希极限的撕裂点，这个点构成的虚拟线阵在频频闪烁。

李耀辉、黎刚和所有人都紧张地看着这条虚拟的线阵，他们判断由于“银漂”的内部断裂线造成的星体膨胀，很可能不到撕裂点就会撕裂。

海冰继续拖延时间，他对骷髅党宇航员说：“我可以打开反物质保护舱的舱门，取出密钥，但是，你们一定要很小心，反物质的保护磁场很脆弱，稍不注意，就可能引爆，一旦引爆，后果你们是清楚的。”

骷髅党宇航员似乎也有点紧张：“我们会注意的，你打开就行。”

海冰：“因为保护反物质的磁场特别怕干扰，我打开之后，你们的电磁武器要放在外面。”

骷髅党宇航员：“不行，武器我们要随身！”

海冰：“那我就不开了，随你们的便，咱们同归于尽！”

一个骷髅党宇航员把武器对准他，“你再不开，就不用你开了。”这个时候，另一个骷髅党的宇航员过来对他说了几句，这个要进反物质舱的骷髅党宇航员终于同意把电磁武器放下了。

就在骷髅党宇航员放下电磁武器的瞬间，“银漂”剧烈地震颤了一下，撕裂了，这颗小行星突然膨胀，地面出现了几条巨大的缝隙，接着这些缝隙全部裂开，把小行星撕裂成了很多块。

裂解的小行星在星体的震颤中喷发出大量的尘埃和水汽，这些尘埃和水汽遮挡了那几个骷髅党宇航员的视线，就在他们发愣的时候，海冰用手拽住弹仓，抬起脚对着离自己最近的一个骷髅党宇航员蹬了出去，由于是在几乎零重力的情形下发力，那个宇航员就像子弹一样被弹了出去，消失在深邃的太空里。

接着，海冰迅速来了一个地躺拳，滚翻到另一个骷髅党宇航员的身边，抓住弹仓支架又把这个宇航员踹了出去。刘志航也趁机发力，抱住身边一块突出的石头，利用一个反弹力把身边一个没有防备的骷髅党宇航员踹了出去。

罗蕾也努力地想把自己身边的骷髅党宇航员推出去，但她力量太小，在推骷髅党宇航员的同时，也跟着甩出去了。

海冰急切地呼喊："罗蕾！"同时伸手想拽住罗蕾，但是晚了一步，罗蕾很快就飘远了。

"银漂"继续因碎裂而释放大量的水汽和烟尘，原来安放反物质弹仓的洞也被震开了，反物质弹仓几乎半裸露在小行星上。突然一片被水汽弹起的几十厘米直径的金块冲着已经半裸露的反物质弹仓飞速砸过来，在这千钧一发之际，刘志航迅速地冲上去，用自己的身体挡住了金块。金块砸在了刘志航的头盔上，把面罩砸裂了，顿时，刘志航由于缺氧和太阳的炙烤，立刻倒了下去。

海冰一看刘志航受伤，顾不上罗蕾，赶紧跑过去，抱住刘志航，但是暴露在太空的刘志航已经不行了。在最后的时刻，刘志航用眼神跟海冰做了一个交流，海冰读懂了他的意思，一定要完成使命，然后，就闭上了眼睛。

海冰痛苦地站起来，看到小行星上还有最后一个骷髅党的宇航员，他怒火冲天，准备和这个人做最后的较量，但似乎有点晚了，那个宇航员已经有所防备，手里拿着武器对着海冰。

海冰无奈向后慢慢地退，就在海冰以为自己要被对方用武器杀死的时候，那个骷髅党的宇航员突然扔掉武器，向他走了过来。海冰非常奇怪，以为他想过来徒手决斗，正想着，那个人已经走到他的面前，用中文对他说："你是海冰吧？"

海冰简直不敢相信自己的耳朵，这个人居然在叫自己的名字，而且，声音还非常熟悉。

海冰迟疑地回答："我是海冰，你是？"

对方回答："我是磨西。"

海冰大吃一惊，"啊，磨西！是你？"

海冰万万没有想到，在离地球一亿多公里远的小行星上会遇见自己曾经的好兄弟。

20多年前——

海冰所在的磨西教堂孤儿院里有十几个孩子，到了开饭的时间，孩子们端着碗里很稀的粥，两眼渴望地看着孤儿院管伙食的40多岁的张嬷嬷。

张嬷嬷很无奈地对他们说："今天就这么多了，如果谁还吃不饱，就去睡觉，睡着了就不饿了。"

孩子们失望地收回了视线，快速地把碗里很稀的粥喝光。海冰身边的小伙伴，也是最好的朋友，叫磨西，他喝完了稀粥之后，又把碗里的所有米汤剩渣都舔干净了，然后眼巴巴地看着海冰说:“我还饿。”海冰就把自己碗里剩的小半碗的底给了磨西,磨西感激地看着海冰,又把那个碗底舔干净了。

夜里,饥肠辘辘的海冰叫醒磨西,两个人偷偷摸摸钻进厨房,在大锅里发现了蒸好的馒头,两个人各往自己的口袋里揣了两个,就溜回去了。

第二天,张嬷嬷把他们都集合起来,大声地训斥:“快说,是谁昨天夜里偷了伙房的馒头,如果不说,一旦查出来,我要罚他在太阳底下站一天!”

海冰和磨西低着头,一声都不吭。

张嬷嬷训斥的声音更大了:“到底说不说,你们不说我也能查出来!”

这个时候,一个年轻的嬷嬷从宿舍里拿着一个口袋出来了,她走到张嬷嬷面前把口袋递给了张嬷嬷,又在张嬷嬷的耳边说了几句。张嬷嬷的脸上怒气更盛了,她把口袋举起来,走到磨西的面前,对着他说:“磨西,赃物都已经发现了,这就是你偷吃剩下的馒头,还有什么说的!”

磨西吓得哭了起来,海冰这时候站了出来对嬷嬷说:“不关磨西的事,这都是我拿的,也是我吃的,您罚我吧,不要罚磨西。”

张嬷嬷气呼呼的,“行,海冰,你就自己到院子里罚站!”

海冰走到院子里,站在中央。

夏天的太阳好大,站在院子里,孤零零的海冰很弱小。

临近中午,磨西悄悄地跑过来,拿着一把树叶给海冰遮阳,手里还端着一小碗水给海冰喝。看海冰喝完后，磨西没有走开，而是和他一起站着，因为热，不一会儿两个人开始晃悠，只能相互搀扶。就在他们快要晕倒的时候，教堂的主事，50 多岁的王保罗回来了，看到快要晒晕了的海冰和磨西，赶紧过来扶住他们，然后对院子里喊：“有人吗？”

年轻的赵嬷嬷赶忙跑了出来，王保罗对嬷嬷喊道：“他们干吗站在这儿？”

“他们偷馒头，张嬷嬷就罚他们站。”赵嬷嬷抱怨地说。

王保罗替孩子们求情：“小孩肚子饿，拿几个馒头也是逼急了，这么晒是要出事的！”

这个时候张嬷嬷出来了，气呼呼地对王保罗说：“我们的馒头一个人只能分半个，他们俩就拿了 4 个，别人吃什么？”

王保罗摆摆手说：“我知道了，你们也不容易，但是先把他们俩放回去吧，孩子小，不能再晒了！”

刚说完，两个孩子已经紧紧抱在一起晕倒在地上了。

那个时候，孤儿院的日子虽然艰难，但毕竟有口饭吃，而且教堂的管事王保罗很注重教育，让他们及时上了学。海冰和磨西学习一直很用功，后来一起考上了航天大学，并且都以优异的成绩参加了宇航员的招聘，但都因为是孤儿被刷下来了。

这一天，他们在操场一边运动，一边聊天。

海冰问磨西：“磨西，你真的要去外国当宇航员？”

磨西回答：“对，我一定要实现我的航天梦，既然乔治先生愿意帮忙，我们就应该抓住这个机会。”

海冰:“可是宇航员是国家属性很强的一种荣誉职业，我们不能舍弃自己的祖国去代表别的国家。”

磨西:“我觉得宇航员才是大爱无疆，不应该受国界的限制。”

海冰:“你下决心去了？”

磨西:“下决心了！乔治说，他的爷爷就是磨西教堂的神父，所以对这个教堂很有感情，愿意给我们俩一起推荐。”

海冰:“要去，你去！我不去！”

磨西:“为什么？”

海冰:“我不愿意看到自己的兄弟穿着外国的宇航服、举着外国的国旗，给外国人长脸。”

磨西:“宇宙、太空都属于全人类，不管你是什么态度，我的人生我自己做主！”

两人就这样在不愉快的谈话中结束了多年的情谊，开启了不同的人生，后来一直没有再联系。

两个兄弟终于在时隔近 10 年之后，都以宇航员的身份，在离地球一亿多公里的一颗小行星上见面了。此刻，撕裂后的“银漂”稍稍平静了一些，但依然有很多的水汽和粉尘不时地喷发。

面对曾经的兄弟，海冰冷静下来问磨西:“你是怎么加入他们的？”

磨西:“我知道骷髅党的这个计划，非常凶险，他们一直想统治世界，而你们的金属小行星和反物质，恰恰特别符合他们的需要，一旦他们有了巨大的财富和威力无比的反物质武器，他们很可能会统治人类，那将是极其黑暗的、邪恶的，所以，当他们招募宇航员的时候，我就决定作为卧底来阻止他们的计划。”

海冰：“如果没有洛希极限，你准备怎么办？”

磨西：“这些人都是雇佣军，对他们不能手软，一旦他们真要去控制反物质，我就会阻止他们，说实话我也没有绝对的把握，没想到你们的做法更巧妙。”

海冰非常感动，“谢谢你，磨西，你还是你！”

磨西：“当然，不管在哪里，我都不会忘记祖国，我只是以我的方式报效祖国。”

海冰：“那你接下来怎么办？”

磨西：“现在，小行星上的这些骷髅党宇航员都被干掉了，但是我们的飞船上还有留守的骷髅党宇航员和一枚微型核弹，所以我必须回去处理，阻止他们发射核弹毁掉反物质！”

海冰十分感动地说：“磨西好兄弟，幸亏你来了，我向你道歉，这些年一直错怪你了。”

磨西：“你是对的，宇航员的确有国家和民族的属性，我一定要回来！”

海冰：“欢迎你回家，磨西，咱们地球见！”

磨西：“好，地球见！”

说完，磨西穿戴上微型飞行器，在蒸腾的水汽中飞回他的飞船。

15

罗达非常紧张地给黎刚打电话:“黎总，我们找到了骷髅党的总部，这是一个非常危险的邪恶组织，他们要抢夺你们的小行星和反物质，然后统治世界！你们那儿现在情况怎么样了？”

黎刚:“太惊险了！他们的出现太突然了！我们一点准备都没有，他们已经登上了小行星，差点就被他们得逞，但最后我们的宇航员和指挥中心一起努力解决了骷髅党，保住了反物质。”

罗达松了一口气,“太好了，现在他们的总部已经被端掉了，但是，这边警察去抓捕的时候，骷髅党的大首领逃走了，他很可能逃到了他们的火箭发射场，去指挥他们的飞船，他们的‘天蝎’计划非常可怕，一共签了两艘飞船的合同，而且还携带了核弹，你们只是解决了小行星上的骷髅党宇航员，但他们的飞船还在，现在必须尽快打掉这个发射场，让他们的飞船失去指挥，你们才能摆脱他们核弹的威胁！”

黎刚:“他们的发射场在什么地方？”

罗达:“他们非常狡猾，把这个发射场设置在太平洋中心的一个小岛上，而且有多重防御系统，我们这里的警方和安全部门没有办法攻击。”

黎刚：“那你把定位发给我，我们来解决！”

罗达：“好，绝对相信你！”

罗达：“另外，我们还发现了一个给骷髅党发送关键情报的中国人，他给了骷髅党关于小行星和你们飞船的核心数据。”

黎刚：“这个人是谁？”

罗达：“他叫马如思。”

根据罗达提供的坐标，中国卫星网监测到太平洋中心的一个岛屿上面有火箭发射场，卫星显示，这个发射场有很完善的防御系统。

导弹部队快速启动，潜艇在相隔几十海里的海域配合，随着指挥员的口令，多枚可以突破各种防御体系的导弹从陆地和海洋呼啸升空，钻进云层。

骷髅党飞船上的宇航员向总部喊话：“‘天蝎’计划失败，要不要启动B计划？”

骷髅党的发射指挥官听到宇航员的喊话之后，向刚刚逃到小岛上的大首领报告：“飞船报告A计划失败，是否启动B计划？”

大首领用一种非常奇怪的带有金属质感的声音说：“可以立即启动！用核弹攻击小行星，消灭他们的飞船和宇航员。”

指挥官：“那反物质会不会被引爆？”

大首领身边的助手恶狠狠地说："我们既然得不到就要引爆它，这样，他们拯救不了地球，让世界陷入大灾难，我们骷髅党才有机会统治世界！"

大首领："对！世界越混乱我们越有机会！"

指挥官："是，我马上指令他们启动B计划！"

他们刚刚说完，突然，多枚超高音速导弹从天而降，瞬间，防御系统被摧毁，接着发射场被摧毁，骷髅党的首领和指挥官在惊恐中不知所措，他们从指挥中心跑出来，绝望地看着天空。十几秒钟之后，第二波导弹又一次席卷小岛，指挥中心被摧毁，跑出来的骷髅党大首领和手下全部丧生，大首领戴的面具也脱落了，他的前额上有一个脑机接口，此刻，接口的芯片已经掉了出来，被大火吞噬。

飞船上的骷髅党宇航员不断地呼叫指挥部："'天蝎'计划失败，要不要启动B计划？'天蝎'计划失败，要不要启动B计划？"

但没有人回答。

骷髅党宇航员不敢擅自启动发射核弹的B计划，于是联系另一艘飞船天蝎2号。

天蝎2号飞船离他比较远，是准备他们得手之后把反物质弹仓带回去的。而当他联系上了之后，对方说："总部已经失去了联系，我们已经无法得到下一步的行动指示！"

天蝎1号飞船宇航员："那我们怎么办？"

天蝎2号飞船宇航员："只能等待恢复通信，因为B计划有很大风险。”

天蝎1号飞船宇航员：“我觉得好像不正常，总部可能出事了，如果再过5分钟还是和总部联系不上，我就自主启动B计划。”

天蝎2号飞船宇航员想了一会儿回答：“同意！”

“小行星行动失败了，咱们返航吧。”磨西返回飞船，对留守飞船的骷髅党宇航员说。

刚刚准备用核弹攻击小行星的骷髅党宇航员看到磨西回来，就严厉地质问磨西：“我看到你在小行星上和中国航天员说话，你有机会为什么不杀死他们？”

磨西：“我不愿意地球被毁灭，我做了我应该做的。”

“你到底是什么人？难道要违背骷髅党的意志？”留守宇航员开始质疑磨西。

磨西：“我是自由宇航员，我并没有加入你们的组织。”

留守宇航员：“我明白了，你是中国人，当然会站在你的国家一边，刚才你肯定参与破坏了我们的任务，我要惩罚你！”

说着他去拿不远处的手枪，磨西见状立刻冲过去，两人在争夺中把枪碰掉了，枪飘了起来。两个人继续在飞船里扭打，最后骷髅党宇航员把磨西摔在一边，然后疯狂地把飞船的瞄准器对准“银漂”剩下的载有反物质的残块，准备去摁核按钮，这个时候枪正好飘到了磨西的手边，就在看到宇航员要摁下核按钮的瞬间，枪响了，磨西把这个人击毙了。

李耀辉对黎刚说:“刚刚高层来电话，已经成功摧毁了骷髅党的发射场。”

黎刚喜忧参半，“你这是好消息啊！但是，我们也付出了沉重的代价，宇航员刘志航牺牲了，罗蕾不知去向。”

“没想到马如思这么丧心病狂，居然把我们的核心数据都泄露给了骷髅党，险些毁掉我们的任务！”李耀辉心有余悸。

黎刚:“是啊，一个科学家居然为了阻止拯救地球，和邪恶分子勾结，必须严惩！”

听了黎刚的话，李耀辉眼神很复杂，并没有表态，而是岔开了话题说:“骷髅党虽然解决了，但是情况依然危急，反物质弹仓必须重新加固才行。”

黎刚:“骷髅党捣乱之后，现在只剩下海冰一个人了，他正在把小行星碎块上的反物质重新拖回登陆舱，把它安置到镶嵌有发动机的‘银漂’的碎块上，对他来说太艰难了！但是，我相信海冰！”

李耀辉:“谢谢你对海冰的信任，现在人类拯救地球的成败全系于海冰一人了，他必须成功！”

司马西过来对黎刚说:“留给海冰的时间不多了，重新安置反物质舱之后飞船必须马上返回，否则就会被太阳的引力锁住了。”

黎刚:“好，我马上给飞船指令！”

海冰驾驶着重新拖回反物质弹仓的登陆器，在混乱中降落到“银漂”尾部嵌入发动机的碎块上，然后重新挖洞安放弹仓。

飞船上，王腾用通话器对海冰说：“指挥部要求飞船安置好反物质弹仓之后，马上返回，晚了就会被太阳的引力锁住了。”

海冰一边用激光枪钻洞，一边给王腾回话：“别管我，现在天体残块非常不稳定，弹仓随时会被甩出去，我正在挖洞并且加固支撑，你要抓紧时间找到罗蕾！”

遮住半个天空的巨大太阳烧烤着“银漂”的残块，尘埃和蒸汽不断地弥漫，使得弹仓更加不稳。

黎刚焦灼地问岳雯：“岳雯，你再计算一下，还有多少时间飞船就被太阳引力锁住了？”

岳雯又计算了一下回答：“黎总，还有 15 分钟！”

黎刚拿起话筒对王腾喊话：“王腾！从你收到我的指令开始 8 分钟之内，飞船必须返回，听见没有，必须返回！”

由于距离遥远，7 分多钟以后，王腾才收到指令，他马上回话：“是，我马上传达给海冰！”

迫近太阳，灼烤的温度越来越热，“银漂”残块上岩层深处的水分一点点地被蒸发，雾气也越来越大，残块越来越不稳定，在极其艰危的环境中，海冰终于用激光枪钻好了洞，然后开始把反物质弹仓放进洞里。

海冰耳机里不断传来王腾让他迅速返回的急切呼喊。

小行星残块不时崩裂的碎块被蒸汽抛射打在海冰的宇航服以及头盔上，这种轻防御的宇航服和头盔无法完全抵御小行星碎块的攻击，只能靠灵活的躲避来防止大的碎块的伤害。

海冰一边紧张地观察来自空中的危险，一边完成最后的弹仓安置，实际上除了碎块攻击的威胁，如此迫近太阳遭受的高温和各种辐射，一般人即便有宇航服也招架不住，幸好海冰有着超过常人的强大基因，使得他在这种炼狱般的环境下还能清醒的操作。

终于，反物质弹仓新的支点安置好了，海冰准备返回，但突然想起刘志航的遗体，于是他找到一个比较凹陷的坑，把刘志航的遗体轻轻地放到坑里，然后用一些崩裂的碎金块洒在遗体周围，都做完之后，海冰向遗体深深地鞠躬，他对刘志航说："好兄弟，中华民族会永远记住你，安心地去另一个世界吧，和太阳在一起，变成璀璨光芒，照耀大地！"

说完，海冰登上返回舱。

王腾焦急地和海冰通完话，等待海冰返回，然后按照指挥部给的校正数据，最后调整了推进器，让残块能够精准地到达预期的光球层的轰击靶点。

王腾刚调整好推进器，就看到罗蕾在太空中飘荡，被太阳风吹来吹去，很多烤得灼热的小行星碎块在她身边呼啸而过，处境十分危险。王腾呼叫罗蕾，但是罗蕾没有反应，王腾估计她已经昏迷了。

王腾不能移动飞船，因为要等海冰返回，但罗蕾在充满射线、太阳风粒子以及小行星碎块的空中飘着，每一秒钟都面临巨大的危险。王腾想了想，赶紧从飞船里拿出一根锚索，一边固定在自己的身上，一边固定在飞船上，然后冒着巨大的危险离开飞船去救罗蕾。

罗蕾被太阳风吹得飘来飘去，王腾努力地去够，但始终差了一点，情急之下王腾索性放开了自己的锚索，扑过去抱住了罗蕾。然而，就在这个时候，飞船被太阳的热浪拍打得离他们而去，瞬间王腾感觉自己可能要和罗蕾永远地留在太空了，但他却有一种莫名的高兴。

突然，太阳表面超级耀斑群里的一个小耀斑提前爆发了，地球一片狼藉。联合国秘书长紧急会见中国代表，他极其焦虑的问道：我决不能接受面对地球的毁灭无所作为，但我的确不知道能做什么可以拯救地球，只能把最后的希望寄托你们于中国，请问贵国政府有没有把握消除太阳的灾难！

中国代表：请相信我们的科学家和太空团队，他们正在为拯救地球而全力以赴！

世界各地的媒体都在转播，很多城市的大屏幕上都不断地重复着一个画面——中国常驻联合国代表对联合国秘书长做出意志坚定的表态：请相信我们的科学家和太空团队，他们正在为拯救地球而全力以赴！

被任命为拯救地球委员会秘书长的苏恒给李耀辉打电话："李院士，轰击太阳的任务进行得怎么样了？超级耀斑能不能消除？"

李耀辉回答："能！请再等待最后半小时，我们的反物质已经送到了太阳的表面，很快就会到达靶点！"

苏恒："好，期待你们最后的成功，期待我们的英雄拯救地球！"

其实，此刻李耀辉不关心太阳耀斑是否能够纾解，那是板上钉钉的事，现在他最关心的，是反物质的轰击点能否到达光球层，并且必须在预定的面对水星的一侧爆炸。

这个特定的角度，既要消除超新星磁力源的矩阵，又要把水星推出轨道，而这一切，在李耀辉让"银漂"转向太阳时，就已经计算好了，现在就看海冰重新加固安置的反物质能否顺利地抵达太阳了。

刚刚爆发的太阳耀斑，因为离太阳近，最危险的地方反而最安全，"银漂"的残块刚好躲在耀斑的死角里，因此，它得以继续接近太阳。

由于离太阳越来越近，它的铂金岩层不断地在太阳的高温下融化，"银漂"此刻就像是一个铂金流体的艺术品，表面被液态的闪光镀金薄膜裹着，然而，还剩下的几米厚的铂金依然可以在完全融化之前保护反物质弹仓抵达太阳的光球层。

海冰驾驶着登陆器寻找飞船的坐标，但是，飞船已经不在原来的位置了，海冰用通话器联系王腾，也没有回话。海冰判断飞船一定是出了意外，他明白没有飞船的保护意味着什么，在反物质轰击太阳之后，将会产生太阳冲击波的爆发，单薄的登陆舱是不可能抵御太阳风暴的。

海冰意识到自己生存下来的概率几乎是零，但是，毕竟任务已经完成，就算牺牲也没有遗憾了。

此刻，他突然想起了刘芸送他的药袋子。

海冰拿出那个药袋子，打开一看，里面只有一片咖啡色的药片，海冰把它拿起来看了一下，自言自语地说："让我变成水熊虫吧！"说完把一个水袋放在嘴边，以便于自己在极其虚弱的时候还能尽可能方便地喝到水，然后把自己的身体折叠起来，以尽量减小可能被碰撞的体积。做好这一切的准备之后，海冰吞下了药片，很快，就失去了意识。

他的登陆舱突然被一股太阳风刮歪，偏离了飞船的位点。

由于王腾的拥抱动作，罗蕾有点清醒了，她看到王腾诧异地问："我这是怎么了？"

王腾对她说："你把一个骷髅党宇航员推出去的同时也把自己抛出去了，刚才你一直昏迷，现在我带你回飞船。"

罗蕾看到他们离飞船有一段距离，而且锚索没有拴在身上，她对王腾说："你把锚索松开了？"

王腾："对，不松开够不到你。"

罗蕾："你这样太危险了，很可能我们都回不去！"

王腾居然露出幸福的表情，“我愿意和你在一起，哪怕这意味着是生命的倒计时。”

罗蕾：“嘿，你平时没什么正形，但这会儿，真让我有点感动了，要是真的回不去，那我们就一起融化在太阳的光芒里吧。”

就在他们俩调侃着准备接受牺牲的现实的时候，突然一股太阳风把他们刮到了飞船旁边，两个人喜出望外，抓住飞船钻了进去。

飞船上，王腾马上和指挥中心通话：“司马主任，我已经找到了罗蕾，她没事；还在寻找海冰，他的登陆舱可能被太阳风给刮远了，而且他的通信也出了问题，一直联系不上，我还在寻找。”

司马西：“不找了，你们赶紧返航！”

王腾：“不行，我必须找到海冰，无论如何！”

司马西：“海冰生死未卜，反物质弹很快就要爆炸，你们不能再牺牲了，一定要保护好罗蕾，立刻返航！这是命令！”

王腾无奈回答：“是！”

16

“银漂”的残块载着反物质开始在太阳表面飞行，它穿过高高升起的日珥，穿过太阳表面的红色等离子浪花，钻进太阳近6000℃高温的红海，直接到达轰击太阳光球层的预定位置。

终于，最震撼的时刻到了，几乎就在反物质弹仓外围最后一圈铂金壳被太阳融化殆尽的同时，反物质在光球层的靶点爆炸了，这个宇宙中能量转化率百分之百的物质湮灭所产生的无比震撼的能量，在太阳上激喷出一股巨大的恒星级狂飙！

几乎是一瞬间，超新星废墟夸克星磁场陷阱的矩阵被瓦解了，几乎是同时，水星被推出了轨道。

地球各地，人们看到太阳瞬间膨胀，似乎比原来大了一倍，接着地动山摇，整个地球似乎都被反物质的爆炸震撼了！

天梦指挥中心里，所有观测的信息都出现了强烈抖动，持续了几分钟，天空和大地也似乎在摇晃。

“不要慌，是好兆头！”李耀辉大声说，“说明我们的反物质爆炸成功了！这是太阳爆发的冲击波已经到达地球，它震荡了地球的大气并且影响了地球上所有的信息网！”

大家由惊呼变成了欢呼！

岳雯也很激动，她为海冰圆满完成拯救地球的任务而高兴，但她更担心，因为海冰生死不明，而且遭遇不测的可能性极大。因此，岳雯心情十分沉重，无法像大家那样喜形于色，而是极为忧心地看着电脑里的数据。

师怀平无比激动地站在望远镜前给李耀辉打电话：“李院士，向您报告刚刚皮丹丹最新的观察，发现超新星废墟的磁力源已经消失，太阳的磁场结构已经发生根本性的纾解，超级耀斑形成的驱动力已经消除，同时，”说到这儿，师怀平激动得几乎喊出声来，“正如您精确计算的那样，水星真的已经被推出了轨道！”

“知道了，现在需要冷静，怀平，继续观测，水星的运动姿态必须随时掌握，防止出现意外！”李耀辉强压着无比激动的心情吩咐师怀平。

随后，李耀辉放下电话走到黎刚的面前，尽量冷静地对他说：“抱歉，黎总，有件大事我没有告诉你！”

黎刚有点奇怪，“什么大事？”

李耀辉：“我用反物质轰击太阳，是一个一石二鸟的计划，第一步是要消除太阳的耀斑，拯救地球；第二步是要改变太阳系。现在，我要告诉你，这个计划的第二步正在实现！”

黎刚听蒙了，“什么？李院士，您说我们改变了太阳系？”

李耀辉："对！马上会出现太阳系的星球大碰撞，太阳系轨道排位的第一的行星——水星，将要撞击轨道排位第二的行星——金星！"

听到这个消息，黎刚实在无法想象！他绝对没有想到会有这样的事情发生！

黎刚惊恐地问道："这不是捅破天了？"

李耀辉："对，是捅破天了，我们要制造第二个地球了！"

于是，李耀辉把这个惊人的计划从头到尾告诉了黎刚。黎刚听了之后，简直惊呆了，他这才明白李耀辉一切计划的核心，是这样一个可能会彻底改变人类文明的工程。

太阳冲击波一直把海冰的登陆器弹射到水星附近，在水星的轨道上飘荡，因为海冰吃了刘芸给他的药片已经脱水，在太阳的冲击波下，奇迹般给身体做了最大限度的缓冲保护，因此，他还活着，只是在昏迷。

一阵阵大冲击波之后的余波，不断地摇晃着登陆器，海冰被摇醒了，此刻，他利用脱水后仅存的一点意识和体能，用嘴去找旁边的水袋。他艰难地咬开水袋的袋口，使劲地吮吸起来，渐渐地，水进入了他干燥的身体，充盈着他的血液和神经，慢慢让他恢复了意识，也恢复了体力。

海冰感觉自己能动了，于是，他透过舷窗往外看，竟然发现，一颗星球就在外面，而自己的登陆器正在围绕这颗星球旋转。根据地貌判断，这颗星球应该是水星，灰黑色的表面，布满了密密麻麻的环形山。

海冰清醒了一下头脑，明白了自己的处境——他的登陆舱已经成为水星的卫星了。

天文台，师怀平站在望远镜前对赶回来的李耀辉说："李院，太阳系真的被您改变了，我没想到今生能见证这么壮丽的事业！我太荣幸了！"

李耀辉深深地吐了一口气，"我们的努力，终于启动了太阳为我们封存了40多亿年的宝藏！"

师怀平接着极其兴奋地说："李院，我观测了24个小时，样本已经出来了，反物质爆炸的位点非常精确！水星被太阳的强大冲击波推离了原来的轨道之后，正在按照您计算的轨道运动。"

李耀辉："怀平，现在还不到最后庆祝的时候，要特别冷静，水星和金星的碰撞依然存在变数。"

"我会和高琪他们一刻不停地监测。"师怀平赶紧平复了一下心情回答。

水星向着金星的轨道运动，大屏幕上，可以看到水星逐渐地接近金星轨道。

看守所里，马如思戴着手铐，他情绪黯然地看着电视里播放的新闻，看到反物质轰击太阳的新闻之后，非常激动，不停地用手在看守所的地上画着什么，画着画着，他突然大喊："地球要毁灭啦！快放我出去！快放我出去！"

大喊了几声之后，狱警走过来训斥："别大声喊叫，否则加重处罚！"

马如思："请放我出去，我要见李耀辉，我要拯救地球！"

狱警："你是一个叛国贼，还说什么拯救地球，你是要毁灭世界！"

马如思："我跟你说不清楚，马上叫你们的领导来，真的有大事要发生，如果晚了，就来不及了！"

狱警："我看你是疯了，好好待着，任何人都不会见你。"说完狱警扭头就走，马如思看着狱警要走，情急之下突然用头撞向旁边的铁栏杆，然后惨叫着倒下。

狱警赶紧救人。

海冰的登陆器被水星的引力束缚，只能围着水星转圈，海冰知道，这样下去，他将永远成为水星的卫星。

突然，海冰发现一艘飞船也在围绕水星转圈，但是两个飞行器相隔至少 500 米，由于登陆器的动力损坏，他无法接近飞船，但是，海冰不想错过这唯一的机会。于是，海冰想起了惯性，他钻出舱外，抓住登陆器像在单杠上做大回环一样旋转，越转越快，最后把自己向着飞船的方向抛出去，由于是在太空无重力的条件下，海冰这一抛飞了很长的距离，居然飞到了飞船附近。

海冰惊险地抓住飞船，稳住后，发现这居然是骷髅党的飞船。他打开隔离门进去，看到里面的情况吃了一惊，飞船里失控地飘浮着一个宇航员，海冰仔细一看，居然是磨西，已经失去了知觉。

海冰尝试给磨西做人工呼吸和心肺复苏，但不起作用，于是，准备尽快启用骷髅党飞船上的通信设备和指挥中心联系。

高琪和柴茵在望远镜里对水星持续跟踪监测，突然发现不对，水星被第一波太阳冲击波推出来之后，又受到余波的冲击，出现了异常振荡，轨道似乎发生了偏离。

高琪赶紧向师怀平报告，师怀平根据观测数据马上进行计算，证实水星轨道发生了偏离，师怀平立刻拿着最新计算的结果报告给李耀辉："不好，李院，根据计算，太阳冲击波的余波推力产生的轨道振荡超过预期，导致水星轨道发生偏移，大概有 0.5 微角秒！"

李耀辉接过数据惊讶地问："偏离这么多？"

师怀平："是的！"

李耀辉看着数据说："这样的偏离很可能会错过金星引力的控制，和地球相撞！太危险了！我们必须调整水星运动的轨道！"

师怀平："怎么调整？"

李耀辉："只能利用水星的火山了。"

师怀平："您是说用水星的火山喷发动能调整轨道？"

李耀辉:“对！”

师怀平:“但是我们对水星的火山不了解啊！”

还没等李耀辉回答，研究室的门突然被推开，一个人头上绑着渗着血的绷带跑了进来，他是马如思。

面对这个不速之客大家都愣了，与此同时，一个警官跑过来抓住马如思对李耀辉说:“对不起，这个人是给骷髅党提供情报的叛国贼，他居然声称你们犯了错误，地球要毁灭了，他来帮你们拯救地球。我们也不敢完全不信，就把他带到你们这儿来了，但是他不听话挣脱我们闯了进来。”

马如思对李耀辉说:“我给骷髅党提供情报就是为了阻止你轰击太阳，因为我知道你真正的目的是要把水星推出轨道，现在我必须赶来告诉你，水星的轨道肯定会出问题，如果撞上地球不堪设想！”

李耀辉突然觉得马如思来得太及时了，他对马如思说:“我们也发现了水星运动的异常，正在想紧急措施，你来得正好，可以帮助我们矫正水星的运动角度。”

抓住马如思的警官听到这里便松开了抓住马如思的手，马如思恢复了肢体的自由，走到李耀辉的面前继续说:“太冒险了！哪怕你的轰击位置非常准确，太阳的冲击波也不可能稳定，必须有矫正的措施，你准备怎么办？”

李耀辉:“我们正在想办法，刚刚想到轰击水星的火山，改变它运动的角度，但一时还不能确定轰击哪里的火山，非常着急！”

马如思一边擦着头上不时渗出的血一边说:“我对水星地质很熟，而且这段时间我一直在准备预案，我知道所有水星火山群的分布和蕴含的能量！”

李耀辉不由得庆幸马如思的救场，他赶紧让师怀平调出水星的地质图，马如思很快就确定了最适合的火山群和轰击的靶点。

黎刚放下李耀辉的电话，极其紧张地告诉身旁的司马西:“情况非常危急，李院士说太阳冲击波余波造成的异常振荡超出预期，让水星偏移了运动角度，现在很可能会越过金星轨道，有极大的概率撞上地球！”

司马西目瞪口呆，“啊！怎么会这样？这太危险了！怎么办？”

黎刚:“李院士说只有用飞船带上核弹立刻去轰击水星的火山，用水星的火山爆发的能量调整水星轨道。”

司马西:“可现在派飞船来不及啊？水星的速度比飞船快多了，离金星那么近，我们的飞船赶不上啊！”

黎刚:“派飞船是来不及，但有一个替代的办法。”

司马西:“什么替代办法？”

黎刚:“想办法找到骷髅党的那艘飞船，罗达说他们的飞船上有核弹。”

司马西:“那怎么找啊？”

黎刚:“赶紧再和王腾联系，无论如何也要找到他，找到王腾或许就有办法找到骷髅党的飞船。”

司马西：“但是反物质轰击太阳之后王腾一直联系不上！”

黎刚：“我们飞船的防震保护措施是非常完备的，他们可能暂时被震晕了，应该很快会恢复过来，你就不停地联系，一定要联系上，这是我们唯一的机会了！否则地球就要完了！”

司马西：“好！”

黎刚布置完之后感叹道：“李院士，你玩大了！玩得太大了！”

海冰在骷髅党的飞船里终于调好了通话设备，开始尝试和指挥中心通话。

指挥中心里，工作人员激动地报告：“司马主任，海冰正在和我们联系！”

司马西难以置信地问工作人员：“海冰？你没有弄错吧？！”

工作人员确定地说：“没有，是海冰要求通话。”

司马西激动地跑过去一把夺过通话器问道：“你是海冰？”

海冰回答：“我是海冰。”

司马西喜出望外地对着黎刚大喊：“是海冰！海冰在和我说话！”

所有人都激动地站了起来！

“你在飞船里？没受伤吧？”司马西急切地询问。

“我很好，没有受伤。”海冰回答。

司马西：“你是和王腾他们在一起吗？”

海冰：“我没有找到王腾，他和飞船被太阳风刮走了，我的登陆舱被反弹到了水星轨道，在水星轨道发现了骷髅党的飞船，我进入了他们的飞船，正在用他们的通信设备和你们通话。”

司马西万分激动，看到黎刚向他示意要亲自和海冰通话，就说：“太好了，海冰！你等等，黎总要和你说话。”

司马西把通话器给了黎刚，黎刚接过通话器马上切入主题：“海冰，非常高兴听到你的消息，现在情况万分危急！我必须告诉你，你们这次任务的真实目的。”

水星在运动，偏离金星向着地球的方向呼啸而来！

海冰听了黎刚介绍的情况，对黎刚说：“原来是这样，太惊人了！太阳系居然要有第二个地球了！骷髅党的飞船里有核弹，不过动用他们的核弹，首先需要救活我的兄弟磨西，只有他才能操作飞船和核弹去轰击水星火山。”

黎刚：“他现在是什么情况？”

海冰：“被太阳的冲击波震晕了，内脏以及神经可能受损，心率过缓。”

黎刚着急地问：“那有救吗？”

海冰：“我救不了，他衰竭得很严重，一般的心肺复苏手法是没用的，需要专家指导。”

黎刚：“什么样的专家？我马上去找。”

海冰：“博睿医药的刘芸，刘博士。”

黎刚:“刘芸，刘博士，就是你的未婚妻？”

海冰:“对！我相信她，她对太空生理有特殊的研究，我就是吃了她的药才侥幸在太阳的冲击波中活下来的！”

刘芸被飞行汽车紧急送到指挥中心，她拿起通话器对海冰说:“根据你的描述，那个人很可能是整个脏器以及神经功能被冲击波损害，一般的药不管用，现在你马上找一下药箱，看看有没有针管。”

海冰赶紧四处找药箱，找到了针管。

海冰对刘芸说:“找到了，下面怎么办？”

刘芸:“抽出你的100毫升血，给他输进去。”

海冰:“我的血？”

刘芸:“你的血有强大的神经调节以及细胞的修复能力，可以让他迅速复苏！”

海冰开始抽自己的血，但刚刚抽出100毫升，一股太阳冲击波的小余波把飞船狠狠地晃了一下，针管飞出去撞碎了，血洒了出来，在飞船里形成血球飘来飘去。

海冰拿起通话器对刘芸说:“糟糕，刚才飞船振荡了一下，针管碰坏了，没法再抽了！”

刘芸冷静地说:“别慌，太空里没有细菌，血可以继续用。”

海冰:“可是针管坏了，怎么用？”

刘芸继续指导:“用嘴含住剩下的半截针管把血重新吸回去，然后用针头扎到血管里，再用嘴把血吹进去！”

海冰努力地用嘴含着断了半截的针管，去追飘在飞船舱里的“血球”，费了九牛二虎之力才把飘在空中的血球吸进针管里来，之后，海冰又把针头扎进磨西的血管，然后给磨西“吹”进身体里。

水星继续呼啸着向地球运动，骷髅党飞船在水星轨道飞行。

输完血之后，磨西逐渐醒了，他睁眼看到海冰，以为是在做梦，“海冰！怎么你在这儿？”

海冰：“你们的飞船防震功能太差，你被太阳的冲击波震晕了，差点就死了。幸亏我找到了你，在一位专家的远程指导下，用我的血把你救了。”

磨西惊讶地问：“你的血？”

海冰：“没想到吧？我的血有特殊基因，可以修复细胞和神经。”

磨西幽默地说：“没想到我的发小是一个外星人，这么厉害，谢谢啦！”

海冰：“别谢我，要谢就谢那个专家吧，是她在几千万公里之外教我怎么给你输血的，我可是用半截针管把我的血用嘴吹进你的身体的。”

磨西：“哈哈，没想到你比兽医还野蛮！回去我一定好好向那位专家答谢救命之恩！”

海冰：“磨西，你活过来就太好了，现在有一个情况非常紧急，你告诉我核弹还在吗？”

磨西：“问这个干什么？”

海冰：“一会儿跟你说，先告诉我在不在。”

磨西站起来向飞船的尾部看了一下，“在的。”

海冰：“能用吗？”

磨西：“没问题。”

海冰：“太好了！”

李耀辉得知了海冰在骷髅党的飞船里，并且有核弹，于是和马如思一起确定了轰击水星赤道附近的一个超大火山群。

黎刚再次和海冰通话：“海冰，根据李院士的方案，现在要求你们用骷髅党的核弹去轰击水星的赤道火山群，调整水星的运行路线，让它回到撞击金星的轨道！”

海冰：“明白，请把需要轰击的准确靶点告知我。”

司马西把水星火山的轰击位置数据发给了海冰。

飞船上，海冰把情况告诉了磨西，磨西非常激动，他对海冰说：“你爸爸设计的这个制造第二个地球的工程太不可思议了！我们居然要彻底改变人类的文明史了！”

海冰拿着数据对磨西说：“但是，这个伟大工程的临门一脚还要靠我们俩，这是刚收到的水星数据，东经 72.5 度，南纬 3 度，上面有一个标注好的火山群靶点，现在需要我们用核弹轰击这个靶点，利用火山喷发的能量，调整水星的运动方向，让它去撞击金星而不是地球！”

磨西迅速打开雷达说：“我马上搜索那个火山群。”

磨西驾驶飞船，开始围着水星转圈，根据数据寻找目标火山群，他们不断地降低高度，水星的地貌越来越清晰。

磨西指着下面对海冰说：“找到了，就是这个赤道的超大火山群！真大啊！”

海冰：“必须足够大才能有足够的能量改变水星的运动方向！”

磨西：“没想到我们居然要给水星装喷气发动机。”

海冰：“这个安装费由骷髅党赞助啦！一颗核弹再加上几亿公里的运费，一笔大钱啊！”

磨西：“这大概是这个组织有史以来对人类最大的贡献了。”

磨西调整好飞船的姿态，对海冰说：“飞船已经稳定，你瞄准吧，发射之后，这个高度我们可以迅速地脱离水星的引力。”

海冰：“好嘞！”

海冰把核弹对准了水星上的火山群靶点。

海冰通过通话器向中心请示：“目标已经对准，等待核弹发射指令！”

黎刚问李耀辉：“李院士，海冰已经对准目标，是否发射？”

李耀辉用拳头使劲一挥，“发射！”

黎刚对海冰下指令：“发射！”

海冰对着目标点的火山群，摁下了核弹的发射开关，说了声：“走你！”

但是，核弹没有反应，海冰又摁了一下：“走啊！”

核弹还是没有反应。

海冰又接着连续摁，核弹始终没有反应。

海冰对磨西喊道：“不好，发射不出去。”

磨西：“很可能核弹发射器被震坏了，怎么办？”

海冰紧张地思索着替代的办法，时间一分一秒地过去，突然，他下了决心，“兄弟，咱们只有一个选择了。”

磨西：“什么选择？”

海冰：“把飞船直接冲向目标，用撞击力引爆！”

磨西看着海冰的眼睛，瞬间读懂了这个发小的想法，于是毫不犹豫地回答：“好！同意！”

海冰：“我马上向指挥部报告！”

黎刚接到海冰的报告和想法，表情变得非常痛苦。

他大声地对海冰说：“你等等，等等！我要和大家商量一下！”

黎刚转过身，对大家说：“骷髅党飞船的核弹发射器坏了，海冰他们要用飞船冲向火山群直接引爆！”

一瞬间，指挥中心里没有人说话，仿佛空气已经凝固了。

黎刚紧张地问正在看水星轨道的李耀辉：“李院士，怎么办？”

李耀辉盯着水星说：“如果不马上轰击，就错过了最后调整水星运动的机会，我，我尊重他们的决定！”说完，李耀辉眼睛红了，转过身去，从他的身后可以看到，他在颤抖。

黎刚拿着通话器没有马上下达指令，时间一分一秒过去，话筒里海冰的声音传来：“黎总，来不及了，我们就这样决定了！”

但是黎刚拿着通话器不知道该说什么，他声音颤抖地说：“海冰，我——”

通话器里再次传出声音：“黎总，必须抓紧时间，再见，我们去水星了！”

黎刚这个硬汉流下了眼泪，通话器掉在了地上。

司马西默默地低下头，狠狠地拍自己的大腿！

岳雯趴在桌子上，无比悲痛地大哭。

所有人，都含泪沉默着。

李耀辉的脸在抽搐，但依然坚定。

飞船里，透过前视窗面对水星大地，海冰问磨西：“怎么样？”

磨西眼神坚定：“一切都妥当了！”

海冰：“咱们去吧，生命的终点——水星大地。”

磨西：“好，这一辈子咱哥俩占领水星了！”

飞船再次启动，直接冲向水星东半球赤道的火山群。

飞船从水星3万公里的轨道向下猛冲，海冰和磨西义无反顾地看着窗外的水星大地，正在离他们越来越近。

海冰："磨西，还记得厨房里的馒头吗？"

磨西："当然记得，你偷了4个，我们一人分了两个，可是被发现了，没吃完。"

海冰："那馒头，太香了，虽然没吃完，但能够和两个馒头睡上一觉，闻着馒头的香味儿做梦，让我们整个童年都难以忘怀。"

磨西："是啊，那是我们童年睡得最香甜的一个晚上。"

突然，他们发现，在飞船外，一个椭圆形的东西喷吐着火焰，正超越飞船飞向水星的火山群。

海冰和磨西愣了，他们相互看了一眼，但很快明白了，海冰几乎疯了似的对磨西喊："调头快跑！核弹自己发射了！"

磨西马上反应过来，他用最快的速度给飞船来了个180度大转弯，在离水星地面不到50公里的低空，用最大的动力向高空攀升。

核弹带着尾焰飞向火山群，很快，核弹在靶点爆炸，一朵巨大的蘑菇云升起，接着，火山喷发了！

他们的飞船被核爆炸的冲击波强烈震荡，像陀螺一样翻滚，两个人在飞船里被震得颠簸碰撞。

磨西在失去平衡的状态下，依然努力操控着翻滚的飞船贴着恐怖的蘑菇云顶端侥幸地擦过去。

李耀辉接到师怀平的电话："李院，水星火山群开始喷发，经过监测，水星的轨道运动已经调整到撞击金星的方向！"

李耀辉使劲地攥了一下拳头，但只是轻轻地说了声："知道了。"接着倒在椅子上，闭上了眼睛。

黎刚走到他身边，一只手轻轻地搭在李耀辉的肩膀上，李耀辉无力地把这个消息告诉黎刚："水星轨道调整成功。"

黎刚默默点点头，接着又转身轻声地向所有人宣告了这个消息。大家没有欢腾，整个大厅笼罩在一片静默的悲痛之中。

天梦的飞船上，罗蕾逐渐苏醒过来，她发现自己还被王腾抱着，但王腾还是昏迷的。

她想起来了，在太阳狂飙出冲击波的时候，王腾一把抱住了她，使得她免受更大的撞击，但王腾自己却受伤了，即便受伤了，他居然还保持着保护罗蕾的姿势。

罗蕾不由心生感激，看到王腾还在昏迷，呼吸微弱，她马上给王腾做心肺复苏。

王腾慢慢地醒了。

他看着罗蕾，晃晃头对罗蕾说："好像我睡了一觉又返回人间了。"

罗蕾："是啊，我刚刚完成 20 分钟的标准心肺复苏，现在咱俩互不相欠了。"

王腾站起来，活动活动四肢，然后对罗蕾说："里里外外零件还都完整，谢谢你！"

罗蕾:“幸亏飞船有防撞击保护层，咱们才能躲过一劫。”

王腾:“是啊，中国设计就是厉害！”

王腾透过舷窗看看外面，又看看一下导航，对罗蕾说:“咱们回家吧。”

罗蕾:“但是我任务没有完成。”

王腾:“什么任务？”

罗蕾:“样品丢了。”

王腾:“那是遇到了特殊情况。”

罗蕾:“但总是我的失职。”

王腾:“这不算什么，我的失职才严重。”

罗蕾:“你的失职？”

王腾:“对，我没有等到海冰，我把飞船驾离了原来的位置去救你，使得他可能错过了上船。”

罗蕾:“我们再找找吧，我总觉得海冰命大。”

王腾:“再命大也不可能在一个单薄的登陆舱里活下来。不说了，根据领导的最后指示，把你安全送回家是当务之急。”

海冰和磨西驾驶飞船努力逃出水星的引力，但，由于飞船飞得太低了，已经被水星的引力牢牢控制，他们只能在水星的上空像卫星一样环绕水星飞行。

他们的下面，是火山群喷发的水星。

“坏了，我们飞得太低，我试了几次都不行，飞船动力已经无法摆脱水星的引力了，看来我们要成为水星和金星的双料居民了。”磨西无奈地对海冰说。

“别灰心，我们再想想办法，我们已经逃过了那么多的劫难，这最后一劫也能逃过去。”海冰依然有信心地回答。

磨西：“飞船的动力完全不足，而且，刚才核弹的冲击波破坏了我们的通信系统，别人也不知道我们还活着，估计他们正在准备给我们开追悼会呢。”

海冰：“我觉得我们还有一个机会能逃出去，但得看你的技术了。”

磨西：“哦，你鬼点子多，说说看。”

海冰：“你知道拉格朗日点吗？”

磨西：“哦，明白了！拉格朗日点是两个天体之间引力相互抵消的地方，那里有一个逃生缝隙，对不对？”

海冰：“正是！当水星快撞上金星的时候，会有一个引力消失点，但最佳时间很短暂，很可能只有几分钟。”

磨西：“你放心，我要让你见识一下我的技术，你把这个时间点算好，我肯定让飞船蹿出去！”

李耀辉和黎刚在指挥中心的大屏幕上，无比紧张地观察着两颗天体一点点地接近，人类创造的太阳系最伟大的碰撞将要在他们的“导演”下发生了。

所有人紧张地等待着这个历史性的时刻。

水星越来越快地扑向金星，海冰和磨西紧张地在水星的轨道上操控着飞船，盯着前方的金星，等待着那个救命的拉格朗日点的到来。

天梦公司的飞船里，王腾对罗蕾说:“飞船目前的速度太慢，咱们现在需要去金星加速，然后尽快返回地球。”

罗蕾:“好，我再修一下通信系统，争取和中心联系上。”

水星带着喷发的火山的浓烟，就像是一个喷气飞行器向金星运动着。

天梦飞船的前方出现了金星。

王腾驾驶飞船靠近金星的时候，突然在雷达上发现了一个物体，他叫罗蕾过来看。

罗蕾一看，判断是一艘飞船。他们非常奇怪，金星的轨道上怎么会有飞船。等到更靠近之后，他们看清楚了，这艘飞船上面有骷髅党的标志，可以确定是骷髅党的飞船，实际上，王腾他们看到的飞船是骷髅党的 2 号飞船。

更奇怪的是，在这艘飞船的尾部，还拖着一大块小行星的碎块，这个碎块由于是被撕裂下来的，新裸露的铂金在阳光的照耀下泛着刺眼的光芒。

罗蕾突然兴奋了，她对王腾说:“这是艘骷髅党的飞船，他们很可能是想把这块黄金小行星的碎片带回去，然后碰到了太阳的冲击波，被推到了金星的轨道，就被金星俘获了。”

王腾:“看来，他们的飞船和铂金碎块都已经成为金星的卫星了。”

罗蕾继续兴奋地说:“我估计骷髅党的宇航员已经死了，因为他们的飞船肯定没有我们飞船这么好的减震保护设计，正好就把他们拉的货接过来吧，这么大的黄金碎块，可比我丢失的样品大太多了，把它带回去，我就完成样品采集的任务了。”

王腾:“不行啊！我们不能离金星太近，不然也会向骷髅党的飞船一样，成为金星的卫星的。”

罗蕾:“那也得试试，这么好的战利品不能放过，这也是我完成任务的最后机会！”

王腾:“不行，我要对你的生命负责，我的任务是把你安全地送回地球，不能去冒这个险！”

罗蕾突然一脸严肃地对王腾说:“王腾，你是不是想娶我？”

王腾愣了一下才带着调皮的口吻说:“我，当然，想啊，但是又不太敢想，我最多只是把你当做梦中情人。”

罗蕾:“王腾，那现在就给你这个机会，只要你和我去把这个小行星碎块抓回来，我今生就嫁给你！”

王腾定睛看着罗蕾:“你，此话当真？没逗我！”

罗蕾:“对着金星起誓，我是认真的，绝不反悔！”

王腾一咬牙说:“好，豁出去了，我就是跟你一起拴在金星过完一生也值了，走！”

王腾驾驶着飞船向金星俯冲！

很快他们的飞船接近了骷髅党的飞船，这时候可以更清晰地看到小行星的碎片上面撕裂的铂金断面正熠熠发光。罗蕾情不自禁地喊道:“我们逮着了，这么大个的铂金碎块别说当样品，就是办个世界银行也够用了！”

王腾嘀咕:“哼，太够用了！估计很可能是咱俩最奢侈的骨灰盒了！”

王腾控制着飞船，罗蕾打开舱门，带着锚索，跳跃到骷髅党的飞船上，她透过舷窗往里看，发现里面有3个宇航员都悬浮着，身上还有很多的血。

罗蕾知道自己的判断是对的，这几个骷髅党的宇航员的确是死了，接着罗蕾把骷髅党飞船上拴小行星碎块的锚索摘掉，挂到自己的锚索上，然后，拽着回到飞船上。

罗蕾处理完进入飞船对王腾说:“他们的飞船果然没有特殊减震保护措施，经不住太阳的冲击波，所有的人都死了，我已经把战利品接收了，咱们回家吧！”

王腾很没有把握地说:“但愿咱们还回得去家。”

说完，王腾给飞船加满动力，准备把碎片拖走，但试了几次，飞船没有动。

王腾长叹一口气，对罗蕾说:“不幸被我言中，果然走不了了。”

罗蕾:“啊！实在不行就不拉铂金碎块了。”

王腾摇摇头，“也晚了，我看了仪表，即便现在不要铂金碎块，飞船也离不开金星了。”

他们都知道，一旦被金星的引力锁住意味着什么，尤其是他们的通信设备还损坏了的情况下。

罗蕾抱歉地对王腾说:“对不起，我太冲动了，我害了你！”

王腾突然笑嘻嘻地说:“不，我很高兴，因为我的求婚仪式可以开始了，罗蕾，我真的很爱你！”

罗蕾此刻非常感动，眼睛变得湿润，她突然觉得王腾非常可爱，他是那么真心地爱自己，甚至不惜搭上性命。于是，罗蕾伸出手对王腾说:“好！其实我内心已经在爱你了，我现在就嫁给你！我们自己当司仪，金星当证人，现在婚礼开始！”

王腾高兴地喊道:“娘子！”

然后，王腾从饮食包里取出一朵脱水的菜花，轻轻抛给罗蕾，罗蕾看着慢悠悠飘过来的干菜花，轻轻地用嘴接住。

两个人相视大笑，然后拥抱在一起，热烈地接吻，一边接吻一边激动地落泪。

一会儿，两人平静下来。

王腾擦干激动的眼泪说:“我来安排一下我们短暂而幸福的生活吧，”他查看了一下食品库，告诉罗蕾，“飞船上的食物还能吃一个月。”

罗蕾也把眼泪擦掉，抖擞精神安慰王腾:“太棒了！我们刚好可以度一个蜜月！”

王腾:“通话器你已经修了一半，我继续把它修好，虽然我们回不去了，但还是要争取把我们结婚的喜讯告诉家人吧。”

罗蕾点点头，“好！我妈妈很早就生病去世了，我爸爸只有我这一个亲人了，他如果知道我嫁人了，一定会特别高兴。”

冒着火山烟尘的水星继续向金星运动，越来越近。

指挥中心里，大家屏住呼吸盯着大屏幕上水星和金星即将要发生的大碰撞。

突然，来自飞船的通话器响了，司马西迅速接通，是王腾："总部，总部，我是王腾，我是王腾！"

司马西稍微从海冰牺牲的痛苦情绪中挣脱出来，喊道："你是王腾？真的是王腾！你在哪儿？找到罗蕾了吗？"

王腾："司马主任，罗蕾现在和我在一起。"

司马西："找到罗蕾了！太好了！怎么才和指挥部联系？"

王腾："我们不小心被金星的引力锁住了，刚刚修好通话器，所以现在才能和你们联系。"

罗蕾从王腾手里拿过通话器说："司马主任，飞船动力不断地减弱，我们最终会坠落进金星的大气层。虽然我们回不去了，但是请转告我的爸爸和黎总，我和王腾在金星的轨道上举行了婚礼，我们很幸福，请替我们发喜糖给大家。"

司马西又转喜为悲，他转头对黎刚说："是王腾和罗蕾，他们现在被金星引力捕获，正一点点地向金星坠落，回不来了，罗蕾还说她和王腾刚刚举行了婚礼，让我代发喜糖。"

黎刚几乎是冲过来，拿过通话器对罗蕾说："罗蕾，王腾，我首先祝贺你们，祝你们幸福美满，但你们可能不知道一个情况，很快，太阳冲击波推出的水星就要和金星碰撞，在它们撞击的瞬间，你们应该可以获得一个摆脱金星引力的机会。”

王腾抢过通话器激动地问：“啊！您说水星要和金星碰撞？”

黎刚：“对！这是李院士设计的终极目标，就是要通过星球碰撞，激活金星的磁场，让金星变成第二个地球！你们要利用这个碰撞机会挣脱引力飞回来！”

王腾兴奋地喊道：“啊！这太惊人了！请放心！黎总，我们一定抓住这个机会回家！”

飞船里，王腾放下通话器兴奋地对罗蕾说：“太好了！水星就要撞击金星，第二个地球就要诞生，我们也能逃生了，媳妇，咱们可以回家度蜜月了！”

罗蕾看着手舞足蹈的王腾有些诧异地问道：“水星撞击金星，制造第二个地球！这简直太不可思议了！”

王腾：“黎总说我们可以在水星和金星碰撞的瞬间，利用星球巨大的振荡波逃出去！”

罗蕾高举双臂欢呼：“好啊！我们将成为最近距离目睹第二个地球诞生那一刹那的人！”

指挥中心里，大屏幕上显示水星离金星越来越近，各项数据显示水星的运动轨道非常精准。

骷髅党的飞船里，看着水星离金星越来越近，海冰紧张地盯着仪表盘，根据数据的变化喊道：“磨西，快准备，拉格朗日点马上到了！”

磨西:“放心，我严阵以待！”

海冰开始倒计时:“10，9，8，7，6，5，4，3，2，1！走！”

“走”字刚刚喊完，磨西咬紧牙关，把手柄使劲推到头，这是要瞬间达到飞船的最大推力！

飞船发出嘶鸣，颤抖持续了几十秒，海冰和磨西也紧张了几十秒，飞船在剧烈的震颤中，终于在那个引力消失的瞬间得到挣脱，从两颗星球的夹缝里蹿了出去！

在他们飞船的后面，两颗星球开启了碰撞的序幕，剧烈的空气摩擦闪烁出无比炫丽的电弧光。

水星闯进金星浓厚的大气层，从金星的视角可以看到，一个巨大的星球，几乎遮住了半个天空，撕裂了浓密的大气，并且在大气中引起剧烈燃烧，形成笼罩整个行星的极为壮观的火球天幕。

王腾和罗蕾在飞船里惊恐地看这个惊心动魄的情景，都看呆了，突然王腾清醒过来,“这就是最好的机会，利用星球压迫气压震荡，咱们冲出去！”

罗蕾也清醒了,“快！再晚就没机会了！”

王腾迅速启动发动机，飞船的尾部开始喷火，在星球碰撞产生的气压振荡的推动下，飞船使劲地摆脱金星的引力，但似乎力量还是不够，飞船陷入挣扎。就在他们绝望的时候，突然一个震荡波把小行星的碎块甩了出去，小行星的碎块反过来拽着飞船向外窜。由于有了小行星碎块的惯性的加成，飞船终于摆脱了金星的引力控制，飞出去了。

太阳系诞生以来，又一个行星级别的大碰撞出现了：水星在金星的大约北纬 40 度的斜角撞过去，整个水星几乎有三分之一砸在金星上，刹那间，火光暴闪，金星的地壳被掀开，大量的物质被撞飞，炙热的岩浆被抛到太空，接着，金星的上空立刻升起了浓密的黑红色的物质和尘埃。

在这一瞬间，王腾和罗蕾的飞船已经进入安全区域，切换为自动驾驶模式。看着飞船后面拖拽的小行星碎块在远去的金星的背景中闪烁，两人激动地紧紧抱在一起亲吻！

罗蕾对王腾说:“居然是小行星的碎块救了我们！”

王腾点点头，“是啊！原本我以为它是骨灰盒，没想到是我们的救生筏！”

天文台望远镜上传来的影像显示，那些喷向高空的物质尘埃和浓烟已经变向了，而且是有规律的变向，这是受金星自转加快的影响。

师怀平计算了一下金星的自转速度，大体是每22小时一圈，已经超过了地球自转的速度，这是最理想的状况，因为金星离太阳更近，需要更强大的磁场抵御太阳风，所以，未来金星的一天要比地球快两个小时。

水星的星核已经深深地嵌入金星的内部，而崩到空中的大约三分之二外壳物质，开始围绕金星旋转，成为金星的月亮。这意味着，未来金星也会出现像地球一样的潮汐现象。

师怀平无比激动地向走进来的李耀辉报告:“李院，成功了！金星的快速旋转，不仅激活了内核的等离子，而且由于比地球的转速更快，磁场不仅产生并且比地球的磁场更强大，足以抵御更近的太阳风！”

高琪也激动地说：“李院，我已经观测到金星和水星的地下水是很丰富的，它们各自的南北极都有大量的地下水，特别是水星，地下水的储量比金星还多，足以在金星上形成不少于地球上液态水的覆盖规模。”

柴茵：“李院，我已经观测到金星大气里出现了大量的水分子，磁场的保护作用已经显现，高空也出现了积雨的云层，水循环正在发生！”

李耀辉激动得几乎是哽咽着对大家说：“谢谢大家！我正式宣布，太阳系封存了40亿年的第二个地球已经被唤醒了！”

所有人热烈地鼓掌！

突然，李耀辉的电话响了，是黎刚打来的，他极其激动地告诉李耀辉：“李院士，海冰回来了！”

李耀辉拿着电话颤抖地问了一句：“你说的是真的？”

黎刚：“真的！奇迹中的奇迹！最后一刻核弹自己发射了，海冰利用水星和金星的拉格朗日点死里逃生，顺利返回地球！”

李耀辉的手机掉在地上，人瘫软在椅子上。

所有人急忙过来关心地问：“李院，怎么啦？”

李耀辉隔了十几秒慢慢睁开眼睛笑眯眯地回答：“我儿子回来了！”

17

联合国颁奖大会。

在被炫目的灯光照亮的主席台上，李耀辉、陈文静和海冰缓缓地登台。

在热烈的掌声和鲜花的簇拥下，面对全世界各国的代表们，联合国秘书长亲自给他们颁发荣誉。

秘书长在致辞中说：“我们眼前看到的是一个史无前例地对人类贡献最大的家庭，这个家庭的每一个成员都经历了长达30年的孤独，但他们依然相互成就，最终，用三个人共同的智慧和勇气，重塑太阳系，创造了第二个地球，最大限度地改变了人类的命运，升高了文明的梯度！”

全场热烈鼓掌！

秘书长亲自把荣誉证书发给他们三个人，然后后退一步，向他们三个人深深地鞠躬。

接着大家参观王腾和罗蕾抓回来的小行星碎块，它虽然比原来小了很多，但依然有几万吨的重量，不仅具有极高的科研价值，而且是一笔巨大的财富。由于刘炫坚持不要国家的补偿，这个铂金小行星的所有权依然归他所有。

岳雯走上主席台对大家说:“我已经向国际天文学联合会提交了我发现的‘银漂’小行星命名提议，而且获得了通过！”

一个工作人员走上主席台递给岳雯一个证书，封面印着:“小行星命名证书”。

岳雯接过证书把它打开，上面写着:“国际天文学联合会同意把编号为外太阳系 WH3 号小行星，命名为‘天梦星’。”

岳雯举着证书对大家说:“原本我希望用我最爱的人的名字命名这颗无与伦比的铂金小行星，但是，后来这颗小行星经历了难以置信的磨难，并且立下了汗马功劳，它的光芒里有太多我们中华儿女的热血和希冀，中国的宇航员刘志航英雄也在它的上面为保卫反物质付出了生命，因此，我决定把它命名为‘天梦星’，激励我们永无止境地去追逐天宇的梦想！”

李耀辉高兴地边鼓掌边点头:“岳雯，你做得很对，这颗星应该叫‘天梦’！激励我们不断地去实现梦想！”

接着李耀辉对大家说:“现在这颗‘天梦星’已经被天梦公司的宇航员拉到我们的头顶，它将成为一颗天然的同步卫星，永远定位在我们的上空！”

大家仰头可以看到一个闪烁着铂金色光泽的天体，由于离地面只有 5 万公里，显得比月亮还亮，它就是“银漂”的迷你纪念版——天梦星。

李耀辉接着对大家说:“这颗曾经被叫作‘银漂’的小行星虽然大部分已经融入了太阳，但它留下的这一块，将会因为其母体拯救和开拓了人类的文明，而永远成为人类的天文丰碑！”

黎刚激动地向大家宣布：“联合国秘书长已经发布公告，因为人类拥有了第二个地球，打开了全新的未来文明发展的空间，因此，全世界达成共识——停止一切战争和地缘纠纷，大力发展航天，全力以赴建设金星！”

大家热烈鼓掌！

接着刘炫向大家宣布：“博睿制药集团已经成功地破解了海冰的基因密码，研发出高效的治疗癌症的药物，从此，人类将不再被癌症折磨！为了祝贺人类拥有了第二个地球，我们集团决定，向全世界免费提供我们的研究成果！”

大家再次热烈地鼓掌！

监狱的大门打开，穿着蓝色制服的马如思从门里走出来，他抬头看了一下明媚的太阳，深深地吸了一口气，自言自语道：“太阳系已经被改变了！”接着，他向等着他的李耀辉走去。

李耀辉看到马如思走过来，也迎上去，在相距一米处站住，两人对视了十几秒，然后李耀辉说：“马院士，谢谢你最后关头拯救了地球，我理解你所做的一切。”

马如思很歉疚地回应：“不，是我错了，差点酿成大祸！”

李耀辉说：“一切都过去了，我们向前看，我已经向国家申请，由于你关键时刻拯救了地球，国家提前结束了你的刑期，从现在起，你将是我最好的搭档。”

马如思握住李耀辉的手感慨地说：“谢谢！耀辉，你是对的，太阳系是可以改变的，新的太阳系非常稳定，我会和你一起开发金星！”

李耀辉上前紧紧握住马如思的手，无比感慨地说：“我们中华民族虽然没有在大航海时代崭露头角，但这不妨碍我们弯道超车，在大太空时代引领世界！”

教堂刚刚重建好，刘芸来剪彩，神父向刘芸表示感谢。

磨西也来了，因为他收到了请帖，请他这个曾经在磨西教堂孤儿院长大的孩子来参观新修缮的磨西教堂。

磨西没有惊动教堂里的人，而是自己一个人围着这座重建的教堂慢慢地边走边看，心生很多感慨，因为这里有太多童年的回忆。

他静静地品味着自己的童年，看到自己曾经爬过的树还保留着，便走过去抚摸树干。正感慨着，突然发现有一位女士不知什么时候站在了他的身边，这个人是刘芸。

磨西很奇怪，问道：“请问你找我有事吗？”

刘芸一脸严肃地说：“找你当然有事，天涯海角总算找到你了，你的请柬就是我发给你的。”

磨西有点蒙，“什么事？”

刘芸：“我就是那个远程指导海冰救了你这个大英雄的人呀。”

磨西很惊讶，“啊！就是你呀，刘博士，你太厉害了，谢谢你救了我的命！”

刘芸笑了:“嗯，说吧，你准备怎么报答我？”

磨西有点慌乱地回答:“我，当然尽一切所能来报答，只是不知道你希望以什么样的方式来报答。”

刘芸故作严肃，“你已经提前报答了！”

磨西更蒙了，“啊！这，这是怎么回事？”

刘芸:“你还记得12年前，在建峰中学附近的小胡同里发生的事情吗？我就是那个小姑娘。”

磨西努力地回忆，似乎想起来了。

12年前，北京建峰中学附近的一个偏僻的小胡同里，突然传来呼救声，在这附近上大学刚刚路过的磨西听到声音跑过去，发现有一高一矮两个成年人正在非礼一个女中学生，女学生非常惊恐和绝望。磨西虽然是大学生，但平时酷爱运动，身体素质极好，他冲过去大喊:“住手！”

那两个人一看磨西只有一个人，就对他恶狠狠地说:“滚，少管闲事！”

磨西冲上去，先是一脚踹飞了其中的高个，接着又一拳打倒了矮个，然后拎起矮个男往高个男身上狠狠地摔去，两个人哀号起来。

这个时候，有路人过来，帮忙报了警，警车也赶到了，那个女中学生感激地看着磨西说:“谢谢你，请问你叫什么名字？”

磨西:“我叫磨西，你以后一个人走路小心点。”

说完，磨西走了。

刘芸当时没有来得及要联系方式，但是她记住了磨西的容貌，这次，因为在视频中看到了磨西，才认出来，自己救的那个宇航员居然就是恩人磨西，于是，刘芸给磨西发了参观磨西教堂的请柬，准备给他一个惊喜。

磨西看着刘芸，似乎看到了那个女中学生的影子，问道："你就是那个女中学生？"

刘芸微笑着看着他，"是的，我这身衣服是不是有点眼熟？"

磨西这才注意到刘芸的衣服似乎很像当年他看到的风格，于是点点头说："是的，我有印象了，那个时候你很瘦小，但非常清纯。"

刘芸："我长大了，后来我到处找你，但一直找不着那个英俊帅气、充满正义感的小伙子。"

磨西："是啊，后来我出国，到欧洲当宇航员了。"

刘芸："我听说了你曲线救国的故事，是当之无愧的大英雄，真没想到我们会以这样方式重逢，我还救了你。"

磨西笑了，"对呀，我被你救的地方离你至少一亿多公里，你的这个远程抢救打破吉尼斯纪录了。"

刘芸也笑了，"对呀，这个纪录我要保持很多年了。好了，话归正题，大英雄也要有人间烟火的生活，你愿意我们俩把报恩升华到以身相许的高度吗？"

磨西惊喜地看着刘芸喊道："我，我当然愿意！但是我听说你和海冰有婚约了啊？"

刘芸:“是的，但那只是一个商业协议，我们俩都心知肚明，他爱的人不是我，我爱的人也不是他，很快就会解除协议的。”

磨西:“真的吗？”

刘芸:“真的！”

教堂的钟声响起……

两个人在教堂的院子里紧紧地拥抱。

罗达和乔治也来了，乔治对罗达说:“重新翻修的教堂很漂亮，我爷爷如果知道了，一定会感到很欣慰，因为他曾经为这里的人们做过好事还被记得！”

罗达点点头，“红色教堂应该获得应有的尊重。”

他们走进院子，看到刘芸和磨西走过来，乔治对磨西说:“磨西，谢谢你关键时刻帮助消灭了骷髅党，拯救了地球。”

磨西说:“首先谢谢你，乔治叔叔，是你给了我在欧洲当宇航员的机会，我才能做到这些。”

罗达:“磨西，你是拯救地球的英雄！联合国已经委托雷通和天梦公司一起，作为联合国直属开发金星的公司，现在邀请你成为我们天梦－雷通公司的宇航员。”

磨西幽默地问:“这是正式邀请吗？”

乔治:“当然，不仅是正式邀请，我还要走‘后门’抢你！”乔治特意把“后门”两个字用中文说出来。

磨西高兴地回答:“哈哈！这面子必须给，谢谢！很荣幸加入你们！”

一轮比地球上看起来更大一点的太阳升起在金星的地平线上，星球的碰撞把金星和水星的地下水全都释放出来了，在强大的新磁场的保护下，水分子在金星上空再也不会被太阳风追杀，它们自由地享受这颗星球的阳光和清风，蒸发形成的云层不断地化成降雨冷却和浸泡着大地，雨水遵循和地球一样的物理规则从高处向低处流淌，河流、湖泊，甚至海洋都在形成，虽然大部分地表还是裸露的岩石和无机的土壤，但已经显露出一颗标准的生命星球的勃勃生机。

天梦－雷通公司的宇航员海冰、王腾和磨西组成的金星拓展三人组，准备登上飞船去金星执行人类的第一次播撒生命种子的使命。

李耀辉、陈文静、马如思、罗达、安妮、刘炫、岳雯、刘芸、罗蕾、师怀平、高琪、柴茵、皮丹丹等所有为制造第二个地球做过贡献的人，都去为他们送行。

罗蕾对王腾说：“老公，你的愿望很快就会实现了。”

王腾有点纳闷，“什么愿望？”

罗蕾：“你曾经说过，你想等两鬓斑白了，在天上和地球上的儿子通话。”

王腾：“对啊，这是我最美好的憧憬。”

罗蕾：“这个憧憬已经在编织了。”说完，罗蕾拍拍自己的肚子，“等你回来，我们在金星种下的宝宝就要出生了。”

王腾激动地拥抱罗蕾，“真的？太好了，金星是我们的福星啊！我们的孩子将是第一个金星的公民啊！”

罗达和安妮走到他们身边，罗蕾对罗达说：“爸，您快抱孙子了。”罗达笑着对安妮说：“看，我女儿比我浪漫多了，我的这个孙子据说是第一个金星婴儿。”

王腾笑着对罗达说：“爸，你们也将成为金星宝宝的爷爷和奶奶了。”

“啊！金星宝贝！我要当金星宝贝的奶奶了，这太神奇了，也太美好了！”安妮高兴地做了一个优雅的舞蹈造型。

罗达：“要不是你故意装醉，罗蕾就回不来了，我也会失去这个金星宝贝。”

安妮略带调皮地望着罗达说：“我不能背叛我的职业操守，但又要除掉骷髅党，所以，假装喝醉透露给你密码是最好的选择。”

海冰正在向李耀辉和陈文静告别，刘芸走了过来，对海冰说：“海冰，我们的协议解除了。”

海冰很意外，“为什么？”

刘芸：“因为你服用了我给你的救命药之后，已经失去了生育功能，我们的婚约已经没有意义了，所以自动解除。”接着刘芸走到磨西身边拉着磨西走过来对海冰说：“我曾经说我爱的人丢了，现在他回来了。”

海冰惊喜地拍了一下磨西，“你小子藏得够深的！你们俩在一起，太好了！”

磨西幽默地说：“我曾经救过她，她也救过我，我们两个就决定相互还一辈子‘情债’了。”

岳雯也过来了，脸上挂着笑容，海冰看着岳雯说：“看来你知道了刘芸说的消息？”

岳雯掩饰不住喜悦地点头：“她刚刚告诉了我。”

接着岳雯拿出一份法律文件给海冰，文件上写着解除海冰和刘芸的婚约。

岳雯：“这是刘芸给我们的。”

海冰激动地抱住岳雯，“岳雯，你受委屈了！”

岳雯也紧紧地抱住海冰，“但是现在，所有的委屈终将变成幸福，我们真的拯救地球了！我们真的可以比翼双飞了！”

海冰有点遗憾地对岳雯说：“可是我的身体已经不是曾经的样子了。”

岳雯使劲地摇头说：“我要的是你的灵魂，至于其他，我们不是还有下一辈子吗？”

海冰感动地对着天空说：“是的，我们不仅这辈子在一起，下辈子还要在一起！”

发射架上，超大型固体火箭在阳光下矗立，箭身的外壳上印着“天梦一雷通”。

指挥中心，黎刚示意司马西可以发射了，司马西意气风发地宣布：火箭点火！

大厅里响起倒计时的声音：10，9，8，7，6，5，4，3，2，1！

张翔发出指令：点火！

火箭腾空而起，尾焰染红大地。

所有人激动地欢呼，看着飞赴金星的火箭。

激动之余，岳雯看着远去的火箭似乎还有一点伤感，刘芸笑了一下，走过来悄悄递给岳雯一个盒子，对她说："好东西，拿着。"

岳雯很奇怪，问道："什么好东西？"

刘芸答道："这个盒子里的药是我最新研制的，在我们基于海冰基因研发的消灭癌症的系列药物中，偶然衍生出了这款药物，它可以恢复海冰的生育能力，这也是我送给你们的结婚礼物。"

岳雯吃惊地张开嘴，半天合不拢。

刘芸对岳雯说："两个拯救地球的人，不能只有灵魂，他们有权利拥有属于他们基因延续的权利！"

岳雯接过药，和刘芸紧紧地拥抱在一起。

火箭顺利地进入大气层，罗蕾看着远去的大火箭，激动地对大家说："我们的下一代将会面对完全不同的世界！"

刘芸："是啊，人类终于走出了自己的摇篮！"

岳雯："人类一代一代的努力奋斗，一定会把我们的家园从地球传播到整个太阳系，我们的后代一定会建设更伟大的属于整个太阳系的文明！"

一旁的陈文静对看着这几个年轻人的李耀辉打趣地说："难道这一切都是宇宙冥冥之中的安排，我们 30 年前的那个星空下的约会，导演了这么丰富的人生！"

李耀辉："是啊，我们一不小心闯进了宇宙能量的大门，得到了金箍棒，还有——"说到这，李耀辉顿了一下，看着陈文静，陈文静心领神会地说："我们共同创造的大闹天宫的孙大圣。"

两人相视而笑，他们非常欣慰地看到自己的青春梦想正由他们的后代继续去实现。

望着远去的火箭，李耀辉和陈文静一起意味深长地说出："因祸得福啊！"

海冰、磨西和王腾驾着飞船来到金星的上空，他们的使命是把第一批水熊虫和蓝藻撒在金星大地，让这种地球上最顽强的生命，成为第二个地球上最早的拓荒者。

金星大地热气腾腾，岩浆遍地，但只要有磁场，地表清澈的水就会肆无忌惮地流淌，生命就会争先恐后地萌动，人类的干预将会大大缩短金星生命史的演化。海冰他们将在金星用半年时间观察这种极其顽强的生命是如何占领一颗新的星球的。

飞船一边播撒，海冰一边对磨西和王腾说："我有一个要求，等你们的孩子出生以后，都得让我当义父哦。"

王腾故作小气，"当义父没问题，但咱们亲兄弟明算账，奶粉你全包了吧。"

磨西也幽默地回应："对呀，如果我们生的是女儿的话，嫁妆的事就交给你一手操办了。"

这个时候，通话器显示岳雯呼叫海冰，海冰拿起通话器，和岳雯聊了起来，聊着聊着，海冰越来越兴奋。他放下通话器之后，脸上洋溢着幸福，对王腾和磨西说："好消息，对不住，我不能揩你们的油了，咱也可以自力更生啦！"

王腾和磨西听到这个消息有点困惑，海冰兴奋地向他们的宣告："刘芸把最新研制成功的生育细胞再生的药给了岳雯，我又能当父亲了！"

王腾和磨西热烈地给海冰鼓掌！

飞船在金星生机勃勃的大地上飞掠，继续播撒生命的种子。

全世界都在庆祝人类开发了金星，各种肤色、各个民族的人们载歌载舞地演绎着各种文化对未来的憧憬！

人类拥有了第二个地球，第二颗拥有生命的行星，我们一定会善待它，所有曾经在地球上犯过的错误，将不会再在金星上重犯。

虽然金星没有生物能源，没有煤、石油和天然气，但是金星有更丰沛的太阳能，人类完全有信心把金星建设成一个没有污染的、充满干净能源的高科技星球。

看到太空新边际的人类，愿意尝试放弃一切纠纷、争端、歧视和意识形态的对立，在金星上建立真正的人类和平共同体。

大冰瀑布下面的星核基地，已经改建成了博物馆。

一条大蟒从基地里钻出来，它就是二宝，已经被博物馆收养，它抬起晶莹的眼睛，仰望穹隆。它身旁接着钻出了几条小蟒，二宝终于成家了，有了自己的孩子，这些幼蟒也都像它们善良的妈妈一样仰望着天空，小眼睛都是亮晶晶的，它们对明天也充满了期待。

大约140亿年前宇宙诞生，之后，宇宙足足用了100亿年，用无数颗超新星的爆炸来增加宇宙的元素丰度，大约在40亿年前，宇宙的“GDP”的产值终于可以支持生命诞生于银河系的太阳系，精致而脆弱的生命度过一次次的劫难，终于迎来了最伟大的成长，从此地球不再孤独，强大的人类文明将依托两颗生命星球走向无比灿烂的未来！